我的叔叔于勒

（法）莫泊桑 ◎ 著

高 临 ◎ 译

长江出版传媒

长江文艺出版社

图书在版编目（CIP）数据

我的叔叔于勒 / (法) 莫泊桑著；高临译. -- 武汉：
长江文艺出版社，2024.6
（初中语文同步阅读）
ISBN 978-7-5702-3622-0

Ⅰ. ①我… Ⅱ. ①莫… ②高… Ⅲ. ①短篇小说—小
说集—法国—现代 Ⅳ. ①I565.45

中国国家版本馆 CIP 数据核字 (2024) 第 104874 号

我的叔叔于勒
WO DE SHUSHU YULE

责任编辑：雷　蕾　　　　　　　责任校对：毛季慧
封面设计：陈希璇　　　　　　　责任印制：邱　莉　胡丽平

出版：长江出版传媒　长江文艺出版社
地址：武汉市雄楚大街 268 号　　　邮编：430070
发行：长江文艺出版社
http://www.cjlap.com
印刷：中印南方印刷有限公司

开本：640 毫米×970 毫米　　1/16　　印张：12
版次：2024 年 6 月第 1 版　　　2024 年 6 月第 1 次印刷
字数：145 千字

定价：26.00 元

目 录

我的叔叔于勒

——献给阿希尔·贝努维尔先生

一个胡子花白的穷苦老人向我们乞讨施舍，我的朋友约瑟夫·达弗朗舍给了他 5 法郎。我感到吃惊，他对我说：

"这人可怜，看见他我不禁想起一段往事，我来讲给你听。这事总在我脑际萦绕，事情是这样的……"

我家原籍在勒阿弗尔①，家境并不富裕，日子还算能过得去，仅此而已。父亲有工作，很晚才下班回家，可是挣不了几个大钱。我还有两个姐姐。

全家生活窘迫，母亲心里非常难过，对我父亲说话往往尖酸刻薄，经常话中有话、恶毒地埋怨几句。父亲是个可怜人，这时候的样子真让我心酸。他伸开手掌摸额头，像是擦汗，其实根本没有汗，他总是不做任何回答。我感觉出他心中无可奈何，十分痛苦。全家对什么都精打细算，从不接受人家邀请去吃饭，免得日后回请人家。日常生活用品买的都是减价便宜货或者清仓处理货。我的两个姐姐穿的连衣裙都是她们自己缝的，买一米仅要 15 生丁的饰带，她们也会讨价还价扯上老半天。我们平常吃的都是油肉汤加煮牛肉，牛肉全靠各种调汁提味。吃这些东西似乎有营

---

① 法国西部濒临拉芒什海峡（即英吉利海峡）的港口城市。

养，对身体好，不过我倒是情愿吃别的东西。

我的衣服要是掉了一颗扣子，或者裤子撕破了，家里总要把我臭骂一顿。

但是每到星期天，我们全家都穿得衣冠楚楚到防波堤那边转一圈。父亲一身礼服，头戴大礼帽，手上戴手套，伸出胳膊让我母亲挽着。母亲也是打扮得漂漂亮亮，活像节日挂满彩旗的大船。两位姐姐总是最先打扮停当，只等信号发出就动身。可是临出门的时候，总会在一家之长的礼服上发现一滴忘记擦掉的污渍，于是赶紧用抹布蘸上汽油擦。

父亲头上顶着大礼帽，上身只穿衬衣，等着把他的礼服擦干净，而这时母亲手忙脚乱，戴上近视眼镜，摘掉手套，生怕再把手套弄脏。

全家上了路，一个个雍容优雅。我的两位姐姐手挽着手走在最前面，她们都已经到了出嫁的年龄，家里有意让她们到外面露露面。我在母亲左边，母亲右边是父亲。至今我还记得很清楚，我可怜的父母每逢星期天像这样外出散步便容止端详，脸一本正经地紧紧绷着，走路的姿势生硬拘板，每跨一步都那么凝滞拘执，全身上下挺直，双腿发僵，似乎有什么极其重要的大事正取决于他们这时候的举止了。

每个星期天看到一艘艘大船从什么遥远陌生的国家返航回来，我父亲总会一成不变地说上这么一句话：

"噢！要是于勒也在这船上，那可真是喜出望外了！"

于勒是我叔叔，是我们家唯一的希望，可早先他却是家中的祸害。我从小就听到家里提起他，不禁觉得他那神情我已经非常熟悉，一见到他人我准能认出他。他去美洲前的所作所为家里讲起来总是压着嗓门小声说，但每一个细节我都知道得清清楚楚。

似乎他那时候品行不端，也就是说，他把某一大笔钱全都挥霍了。对穷苦人家来说，这可是大逆不道，但在富裕人家，一个人吃喝玩乐不过是犯浑而已，人家会笑眯眯地说他不过是沉溺于灯红酒绿、好寻欢作乐罢了。贫苦人家有这么一个糟蹋父母血本的儿子，那可是不成才的逆子，是浪荡鬼，是不肖子孙！

虽然是同一回事情，但各有各的说法，这是对的，因为行为严重与否取决于行为最终造成什么后果。

总而言之，于勒叔叔不仅把他继承的遗产挥霍殆尽，而且把我父亲本以为可以得到的那一份也消损得差不多了。

于是家里像当时的习惯做法那样，把他送上一艘从勒阿弗尔开往纽约的船，打发他去了美洲。

于勒叔叔一到那边就做上不知道什么生意，很快写信来说他已经挣到一小笔钱了，他还想以后能偿还我父亲因为他所蒙受的损失。这封信让我们全家兴奋不已。于勒本来就像俗话所说的是个狗屎不如的人，现在一下变成了诚实规矩人，有良心的男儿，堂堂正正，像达弗朗舍家的人，对得起达弗朗舍这个姓。

而且还有一个船长告诉我们说，他租下了一家大商店，生意做得很大。

两年后他来了第二封信，信上说："亲爱的菲力普，我写信给你，请不必为我的健康挂念，我生意做得很好，明天我远行去南美洲，可能几年中不给你写信。倘若没有信给你，你也不必牵挂，我一等发迹致富，即回勒阿弗尔。我希望这不会为时很长，我们可以一起过上幸福日子了……"

这封信成了我们家的《福音书》，动不动就拿出来读一遍，还拿给所有的人看。

果然十年中于勒叔叔再也没有来信，然而我父亲的期望随着岁月推移而越来越大，我母亲也经常唠叨说：

"等有出息的于勒回来，我们的家境就不一样了，他可是个有办法的能人!"

所以一到星期天,我父亲一边望着那一艘艘向天空吐出袅袅黑烟,从天际驶来的大轮船,一边说他那句成年累月总挂在嘴上的老话:

"噢!要是于勒也在这船上,那可真是喜出望外了!"

全家人都想入非非,恍惚看到他正挥动手绢喊着:

"喂!菲力普!"

他回来是十拿九稳的事,全家围绕这事构筑了千百个打算,甚至想用叔叔的钱在安古维尔附近买一幢别墅,父亲是不是忍住没有同人谈过买房的事,我就不敢肯定了。

当时我大姐28岁,二姐26岁,她们都没有结婚,这成了全家的一大愁事。

终于有人向二姐求婚。他是一位职员,并不富裕,但是个有身份的体面人,我总觉得这年轻人最终不再犹豫而下了决心,是一天晚上家里人把于勒叔叔的信拿出来给他看了的缘故。

家里立即同意了他的求婚,而且决定他们完婚后全家去泽西岛①小游一次。

泽西岛是穷人出游的理想之地,路程不远,坐轮船渡海就到了外国,因为这小岛属英国人的地界。所以一个法国人坐两个钟头轮船就能来到邻国,领略一下外国风光,考察一番这挂着英国国旗的小岛上十分糟糕的风俗习惯——说话喜欢直来直去的人都是这么说的。

去泽西岛玩成了我们全家的心头大事,成了我们唯一的期待和时刻都放不下的美梦。

---

① 英属海峡群岛中的一个岛屿,位于拉芒什(即英吉利海峡)东侧,靠近法国海岸。

我们终于成行了，至今我仍记忆犹新，仿佛只是昨天的事情。轮船停靠在格朗维尔码头，已经生火待发，我父亲手忙脚乱地盯着我们的三件行李被搬上船，母亲惶恐不安，紧紧抓住我那位还不曾出嫁的姐姐的胳膊。从我二姐出嫁以后，大姐总像是魂不守舍似的，仿佛同窝孵出的小鸡中她是唯一还留在鸡窝的一只了。我们后面是那对新婚夫妇，他们总是落在最后面，我时不时地扭头去看他们一眼。

轮船鸣响汽笛，我们全都上了船，接着轮船离开防波堤，在平如绿色大理石台板的海面上驶向远方。我们同所有难得出门远行的人一样，既高兴又自豪地看着海岸线渐渐消逝。

我父亲挺着礼服下露出的肚子，礼服上的斑斑点点还是上午才用汽油擦干净的，上面还发出一股汽油味。我们全家出门时总会闻到这股气味，一闻到这股气味我就不禁想起星期天又到了。

突然父亲注意到两位优雅的太太，两位先生正请她们吃牡蛎。一个衣衫褴褛上了年纪的水手用刀一下撬开牡蛎壳，然后递给两位先生，他们再递给两位太太。两位太太吃的样子非常雅致，她们用精致的手绢托住牡蛎壳伸进嘴里吮，身上穿的连衣裙一点也不至于弄脏。她们一转眼就把牡蛎汁吮干，然后随手把壳扔进海里。

父亲看到在行驶的船上这样吃牡蛎别有风情，他大概觉得很有意思，觉得这种吃法很不错，雅致而高尚，于是他朝我母亲和我的两位姐姐走去，问她们：

"要不要我买几只牡蛎给你们吃？"

母亲沉吟不决，她是怕花钱，可是两位姐姐马上答应了。母亲气呼呼地说：

"我怕吃了胃难受，你就给孩子们买吧，不过别买太多，你会让他们吃病的。"

母亲接着转过身来对我说：

"至于约瑟夫，他用不着吃，不能把男孩子惯坏了。"

我于是留在母亲身边，心想这样太不公平了。我眼盯着父亲，只见他精神抖擞，领着两个女儿和女婿朝那个衣衫褴褛上了年纪的水手走去。

刚才的两位太太吃完走了，父亲向两位姐姐讲怎样吃才可以不让里边的汁淌到外面来，他甚至想先做个样子，伸手拿起一只牡蛎。他想学刚才那两位太太的样子吃，结果刚想吃就把汁全洒到礼服上了，我听到母亲小声嘟哝说：

"还是安分待着的好。"

然后我蓦地觉得父亲心慌意乱起来，他朝后退了几步，两眼盯着正被女儿和女婿紧紧围住的撬牡蛎的水手，猛的一下朝我们走来。我觉得他的脸色刷白，眼神也显得不对头，他小声对我母亲说：

"真是奇怪，这撬牡蛎壳的人同于勒长得像极了。"

母亲一听这话也慌了神，她问：

"哪个于勒？"

父亲接着说：

"可不……就是我那弟弟……要不是我知道他在美洲顺顺当当，我还准以为是他。"

母亲大惊失色，嘟囔着说：

"你疯了？既然你知道不是他，说这些蠢话干什么？"

父亲还是一个劲儿地说：

"你去看一眼吧，克拉丽斯，我是想，你最好自己看一眼也就踏实了。"

母亲站起身，走到我的两个姐姐身边。我也注意看那人，只见他苍老而邋遢，满脸皱纹，两眼不顾旁边只看着手里干的活。

母亲转身回来，我看见她浑身都在颤抖，心急忙慌地说：

"我想就是他。你赶快去向船长打听，不过得特别小心，这累赘货现在无论如何不能再沾在我们手上了。"

父亲马上走开，我也跟着过去，顿时觉得心中莫名其妙地非常激动。

船长是位瘦高个儿的先生，蓄着长长的颊髯，正神气活现地在驾驶台上来回踱步，那神情简直就像在指挥一艘去印度的大邮轮。

我父亲彬彬有礼地走上前去与他攀谈，一边不断恭维，一边问这问那提一些跟他职业相关的问题，譬如泽西岛有多大？那儿出产什么？有多少人口？风俗习惯怎样？土质如何？等等。

人家可能以为最多也就是扯到美利坚合众国而已。

接着谈到我们乘坐的这艘"快轮"号船，接着又扯到船员上来，父亲终于惴惴不安地问：

"贵船有一个卖牡蛎的老头引人注目，他的生平细节您应该是有所知道的吧？"

聊到这儿时把船长惹火了，他冷冰冰地回答说：

"这老家伙是个流浪汉，法国人，我去年在南美的时候遇上他，把他送了回来。好像他在勒阿弗尔有什么亲属，不过他不想回去找他们，因为他还欠着人家钱。他名字叫于勒……姓达尔芒舍，或者达尔旺舍，反正差不多是这么几个字吧。他似乎在那边阔过一阵，不过您看他现在落魄到什么地步。"

父亲这时脸色灰白，两眼慌乱，哽咽着说道：

"啊！啊！很好……太好了……我没有什么好大惊小怪的……我非常感谢您，船长。"

他说完就走了，船长反倒在一旁发愣，两眼望着他走开。

父亲回来找母亲，他的脸色已经完全变了样，吓得母亲对他说：

"你先坐下，他们会看出什么事来的。"

父亲一屁股坐到板凳上，结结巴巴地说：

"是他，就是他！"

接着他问道：

"我们怎么办？"

母亲急忙回答说：

"得让孩子们离远点。约瑟夫已经全都知道了，就让他去叫他们回来，千万注意，不能让我们女婿起什么疑心。"

父亲像是惊骇万分，喃喃自语说：

"真是飞来横祸！"

母亲赫然而怒，接着父亲的话说道：

"我早就料到这骗子干不出什么事来，他还会缠上我们的！倒像是对达弗朗舍家的人能有什么指望似的！"

父亲像平常母亲埋怨他的时候那样，只是伸手摸了摸额头。

母亲接着又说：

"给约瑟夫钱，让他马上过去把牡蛎的钱付了，现在如果这叫花子认出我们，这一下船上可有热闹看了。我们到那边船头去，不能让这家伙靠近我们！"

母亲站了起来，他们给了我一枚 5 法郎的硬币，然后匆匆走开。

在那边等着父亲过去的两个姐姐正在纳闷，我对她们说母亲晕船有点不舒服，接着朝那个卖牡蛎的人问：

"我们应该付您多少钱，先生？"

我真想喊他一声叔叔。

他回答说：

"两个半法郎。"

我把 5 法郎的硬币给他，他把找零头给我。

我看了一眼他的手，完全是穷苦水手布满褶皱的手；我又朝他的脸看了一眼，只见苍老而可怜，满脸愁容，疲惫不堪。我两眼望着，心里在说：

"这是我的叔叔，我父亲的亲弟弟，噢，叔叔！"

我给了他半个法郎的小费，他赶紧谢我说：

"上帝保佑您，年轻的先生。"

说话的口气同穷苦人得到施舍时说的一模一样，我想他在美洲那边很可能也乞讨过！

两位姐姐在一旁看着，看我这样慷慨不禁吃了一惊。

我把剩下的两法郎还给父亲，母亲感到诧异，她问道：

"吃了 3 法郎？不可能。"

我干脆利落地说：

"我给了半个法郎的小费。"

母亲气得直跳，狠狠地望着我说：

"你疯了！把半个法郎给这人，给这无赖！"

父亲连忙使眼色提醒她注意女婿，她才没有多说什么。

大家都不说话了。

朝前望去，只见天际似乎有一团紫色的影子从海中升起，这就是泽西岛了。

船快驶到防波堤的时候，我心中突然冒出一股强烈的愿望，想再看一眼我的叔叔于勒，走到他身边，对他说几句宽慰温存的话。

但是没有人再想吃牡蛎，他已经消失不见了，这个可怜人大概已经回到他住的肮脏污秽的底舱去了。

回来的时候怕再碰上他，我们改乘"圣马洛"号船，一路上我母亲简直都要愁死了。

后来我一直没有再见到我父亲的这位弟弟！

所以，你有的时候还会看到我给这些流浪汉 5 法郎的钱。

归 来

　　大海掀起阵阵短促的浪涛拍打着海岸，单调而平缓，蓝天一望无际，疾风劲吹，一朵朵细小的白云像鸟儿似的飞快地从天空掠过。山弯儿向海边渐渐下倾，坐落在山沟中的小村沐浴在阳光里，暖洋洋一片。

　　马丁—莱韦克家正好坐落在村口，孤零零地立在大路边上。这是一幢渔家小屋，墙是黏土垒的，屋顶铺了一层茅草，上面长了一簇簇蓝蝴蝶花儿，活像插在上面的翎毛。屋门前是一块手帕般大小的园地，四四方方，地里长着葱头，几棵卷心菜，香芹和雪维菜，园地边上有道篱笆把路圈在外边。

　　男人出海打鱼去了，女人在屋子前面补渔网。这是一张棕色大网，像一张巨大的蜘蛛网挂在墙上。园地口上一个14岁的小姑娘坐在一把铺了草垫子的椅子上，人往后靠着，正在缝补一件补了又补、缝了又缝的破衣服，只有穷人才穿这种破衣服。还有一个女孩，比那姑娘小一岁，抱着一个男孩一摇一晃地哄着，男孩还小，没有什么动作，也不会说话。两个两三岁的男孩面对面坐在泥地上，用他们还不灵巧的小手抓地上的土，抓满一把就互相朝对方脸上扔过去。

　　没有人说话，只是那小男孩虽然正被哄着睡觉，却还在不停地啼哭，声音又尖又弱。一只猫趴在窗台上睡懒觉，墙边盛开的

10

丁香一片粉白，好像给墙脚围上了一圈漂亮的垫圈，上面一群苍蝇嗡嗡地飞来飞去。

在园地口上补衣服的那姑娘突然喊了一声：

"妈！"

妈妈问：

"什么事？"

"他又来了。"

母女俩从早晨开始就心神不定，因为有个男人总在屋子边上转来转去。这人已经上了岁数，一副穷苦人的模样。她们送父亲上船的时候就看见他了，当时他坐在沟边，脸冲着她们家的门。后来她们回来的时候看见他还在那儿，两眼直直地望着她们家屋子。

他好像有病，模样非常可怜。他一个人待在那儿，一个多钟头一动不动，后来看到人家把他当成坏人，他才站起身，拖着腿慢慢走开。

可是没有过多久，母女俩又看到他迈着疲惫的步子缓缓走了过来，他又坐了下来，不过这一次坐得稍微远一点，像是在偷偷看她们。

母女几个都害怕了，特别是母亲最担心，因为她生性胆子小，而她男人莱韦克出海去了，到天黑的时候才能回家。

她丈夫名叫莱韦克，她自己的名字叫马丁，人家管他们一家叫马丁—莱韦克，原因是这样的：她原先的丈夫是个水手，名叫马丁，每年夏天都去纽芬兰岛捕鳕鱼。

结婚两年后，她给他生了一个女儿，丈夫所在的迪耶普①三桅大船"姊妹"号失踪的时候，她怀第二个孩子已经6个月了。

---

① 法国西北部濒临拉芒什海峡（即英吉利海峡）的港口。

11

这条船后来一直音信全无，船上的水手没有一个回来的，大家都认为这船连人带货都沉没了。

女马丁等了她男人10年，含辛茹苦把两个孩子拉扯长大。她人长得壮，心又好。当地一个叫莱韦克的渔民是个鳏夫，有一个男孩，他向女马丁求婚，女马丁于是改嫁给他，三年中间又生了两个男孩。

他们勤勤恳恳，日子勉强过得去。家里几乎没有见过肉，而且面包很贵，冬天刮大风的那几个月他们有时候只得赊账买面包吃。几个小家伙倒长得很结实，大家都说：

"马丁—莱韦克两口子都是本分人，女马丁能吃苦，莱韦克捕鱼没有人比得过他。"

坐在篱笆旁边的那个女孩又喊了起来：

"他好像认得我们，兴许是从埃普雷维尔或者奥泽波斯克来的什么穷人。"

不过做母亲的不会看错人。不，不，他不是本地人，绝对不是！

他像扎在那儿的木桩一动不动，一双眼睛紧紧盯着马丁—莱韦克家的屋子。女马丁终于火了，恐惧反使她强悍起来，她抄起一把铲子出来站到门口。

"您干吗站这儿？"她冲着那流浪汉喊道。

他哑着嗓子回答说：

"我乘凉，碍您什么事？"

她接着说：

"您在我家门口简直有点鬼鬼祟祟，想干什么？"

那人回答说：

"我又没有跟谁过不去，路上坐坐都不许吗？"

她无话可答，只得回到屋里。

这一天过得很慢，临近中午的时候那人走开不见了，可是5点钟光景他又转回来，晚上就再没有见到他。

天黑的时候莱韦克回来，家里人把这事对他说了一遍，他听完后说：

"可能这人爱刺探别人家里的事，要不就是个爱捣鬼的家伙。"

他心中消停，上床睡了，可他妻子总想着这来回转悠的人，他朝她看的眼神总是怪里怪气的。

天亮的时候刮起了大风，男人本想出海，看到风大走不成，于是帮妻子一起补渔网。

9点钟样子，大女儿小马丁买面包跑着回来，神色慌张，嘴里直嚷嚷：

"妈，他又来了。"

母亲顿时急了，脸唰地变白，对她男人说：

"你去对他说说，莱韦克，叫他别这么偷看我们，这闹得我心里直发慌。"

莱韦克是个身材高大的水手，红褐色的脸膛长着密密匝匝的红胡子，蓝眼睛中透出乌黑发亮的眸子，脖子粗壮，为了挡海上的风雨，总围了一条羊毛巾，只见他神色从容，朝那游荡的人走去。

母亲和几个孩子提心吊胆，战战兢兢地远远望着他们。

突然那陌生人站起身，跟着莱韦克一起朝屋子走来。

女马丁一下慌了神，直往后退。她男人对她说：

"给他拿点面包，倒杯苹果酒，他打前天起就没有吃东西了。"

他们两人都进了屋，女人和孩子们也都跟着进去。游荡的人坐下，在一双双眼睛的注视下低头吃起东西来。

母亲站在一旁盯着那人看，两个叫小马丁的姑娘背靠着门，其中一个抱着最小的男孩，两人都馋得目不转睛地看着那人。两个男孩坐在壁炉的灰坑里，刚才还在拿黑锅玩，这时停了下来，似乎也打量起这陌生人来。

莱韦克拉一把椅子坐下，问陌生人：

"这么说，您是从很远的地方赶来的？"

"我从塞特①过来。"

"就这么走来的？"

"没错，走着来的，身上没有钱，只能用脚走。"

"您去哪儿？"

"我就来这儿。"

"您在这儿有认识的人吗？"

"也许吧。"

他们都不再说什么。他虽然很饿，但吃得慢吞吞的，吃一口面包就喝一口苹果酒。他脸色憔悴，布满皱纹，整个脸都是瘦骨嶙峋，像是吃了不少苦头。

莱韦克突然问他：

"您叫什么名字？"

他没有抬头，只是回答说：

"我叫马丁。"

母亲莫名其妙地颤抖了一下。她跨了一步，像是要走近些好好看看这流浪汉。来到他面前，她双臂垂下，张大着嘴，不禁呆住了。谁也没有再说什么，莱韦克最后又问了一句：

"您是这儿人？"

他回答说：

————————————

① 法国南部地中海沿岸港口。

“我是这儿人。”

这时他终于抬起头，女人的目光和他的目光相遇，顷刻两人的目光仿佛交织到一块儿凝住不动了。

她立刻开口说话，声音都变了，不但说得低，而且直发抖。

“是你，当家的？”

他慢条斯理地说：

“没错，是我。”

他待着不动，只是一个劲儿地嚼他的面包。

莱韦克大吃一惊，却已激动不起来，只是结结巴巴地说：

“是你，马丁？”

那一个脱口而出：

“对，是我。”

第二个丈夫问：

“那你是从什么地方来的？”

第一个丈夫讲了起来：

“从非洲海岸来，我们的船触礁沉没，只有皮卡尔、瓦蒂内尔和我三个人得救。后来我们又被野人捉住，扣了我们12年，皮卡尔和瓦蒂内尔都死了。一个英国游客路过那儿把我救了出来，又送我到塞特，我就回来了。”

女马丁拿围裙捂着脸哭了起来。

莱韦克说道：

“现在怎么办？”

马丁问：

“她男人是你？”

莱韦克回答说：

“对，是我。”

他们相对看了看，谁也没有说话。

这时马丁看了一眼在他身旁围了一圈的孩子，朝两个女孩点头示意说：

"她们俩是我的吧？"

莱韦克说：

"她们俩是你的。"

他没有站起来，也不去拥抱她们，只是说：

"上帝呀，她们都长那么大了！"

莱韦克又说了一句：

"现在怎么办？"

马丁心乱如麻，一时不知如何是好，最后下了狠心说：

"我嘛，照你的意思办吧。我不想为难你，反正麻烦的是房子。我有两个孩子，你有三个，各人的孩子归各人。孩子妈归你，还是归我？你怎么定我都答应。不过这房子该归我，这是我父亲留下的，而且我就是在这房子里出生的，有关房子的文书都在公证人那儿。"

女马丁只知道哭，用蓝色围裙捂着嘴发出一阵阵抽噎。两个大女孩靠在一起，忐忑不安地望着她们的父亲。

他吃完了，也问了起来：

"怎么办？"

莱韦克想出了一个主意：

"得去找神甫，他会定夺的。"

马丁站起身朝他妻子走去，她一头扑到他怀里呜咽了起来：

"我的男人呀，你终于回来了！马丁，我可怜的马丁，你回来了。"

她紧紧搂住他，脑海中嗡的一下掠过昔日情景，往事顿时浮现了出来，她想起了 20 岁时的岁月和最初的那些拥抱。

马丁自己也是百感交集，吻着她的帽子。壁炉前的两个男孩听到母亲哭泣，一起扯着嗓门喊，马丁家第二个女儿正抱着的那个最小的孩子哇地哭了起来，声音尖溜溜的活像笛子吹走了调。

莱韦克站在一旁等着。

"走吧，"他说，"先得把事情办妥。"

马丁松手放开他妻子，两眼直望着他的两个女儿，当妈的对她们说：

"总该吻吻你们的爸爸吧。"

她们两人一起走了过来，干瞪着眼，神色慌张又有点发怵。他一前一后在她们脸上轻轻吻了一下，像乡下人那样把声音弄得很响。最小的那个男孩看到生人过来，顿时尖叫了起来，简直像是要惊厥似的。

接着两个男人一起走了出去。

他们走到和气咖啡馆前面的时候，莱韦克问：

"喝一杯总可以吧?"

"我也是这个意思。"马丁说。

他们一起走了进去，店里还没有来客人，他们先坐了下来。

"呃，希科，来两杯费尔酒，要好的。马丁回来了，我妻子原先的男人，你是知道的，那条失踪了的'姊妹'号上的马丁。"

老板一手拿着三只玻璃杯子，一手拿着长颈大肚玻璃酒瓶走过来，这是个大腹便便，脸色红润，浑身堆满了肉的胖家伙，他神色从容地问：

"噢! 你回来了，马丁?"

马丁回答说：

"我回来了!"

护林人

晚饭吃完以后，大家就开始讲打猎的种种奇遇和意外。

博尼法斯先生是我们都认识的一位老朋友，他酷爱打猎，喜好喝酒，人长得敦实健壮，性格爽朗，风趣幽默，而且通情达理，既能反唇相讥，又不咄咄逼人，说起话来总是那么逗，让人笑破肚皮。他从来不讲悲伤熬心的事，这时他突然说道：

"打猎的故事，我倒知道一个，不过确切地说，这是一个鲜为人知的打猎悲剧，同各位所知道的故事风马牛不相及，所以我从不讲这事，怕没有人爱听。

"这故事可不开心，诸位听明白我的意思没有？我的意思是说，这故事无法令人产生那种百感丛生，赞叹不已，或者让人痛快淋漓的雅兴。

"好吧，我现在开始讲。

"那一年我大约 35 岁的样子，我像疯了似的总在打猎。

"当时我在朱米埃热附近有一块地产，地方非常偏僻，四周全是森林，是追捕兔子的好地方。一年内我要去那儿独自待上四五天，那里住的地方有限，我不可能带朋友一起去。

"我安排了一个人留在那儿看林子，那是个退役宪兵，为人正直，火暴脾气，执行命令一丝不苟，对那些偷猎的人毫不留情，而且无所畏惧。他远离村庄，一个人在那儿住一幢小屋，更确切地说是住一幢简陋的小破屋。小屋楼下一共两间屋子，一间作厨房，一间放吃的东西。楼上两间当卧室用，其中一间只能算小格子，大小只够放下一张床、一只柜子和一把椅子，这是留给我专用的。

"护林人卡瓦利耶老爹住另外一间，我的意思是说，就他自己住这屋子，刚才这话没有说清楚。他还带一个侄子在身边，是个15岁的小泼皮，替他到三公里外的村子去买食物等生活必需的东西，也帮他做点日常生活中的杂事。

"这小泼皮是个瘦高个，有点驼背，头发又黄又细，简直像褪毛母鸡身上的小绒毛，而且这头发稀得有点像秃顶。另外他长了一双大脚，两只手也大，就像巨人的手。

"他有点斜视，从来不正眼看人。说他是人，我看他更像是野兽中那些发出恶臭的狐、獾之类的东西。这小痞子简直就是一只黄鼠狼，要不就是狐狸。

"通往楼上两间房的楼梯顶上有一小块空当，他就在这空当里睡。

"但是有那么几天我在这小楼住——我把这小破屋叫小楼，马里于斯这小泼皮就把他睡的地方让给埃科舍维尔来的老妇人住，老妇人叫塞莱斯特，过来专门给我做饭，因为光吃卡瓦利耶老爹那些炖土豆是远远不够的。

"想必各位对这几个人物以及环境已经清楚了，现在来说我的这段奇遇。

"事情发生在1854年10月15日——这日子我记得清清楚楚，永远忘不了。

"我一路骑马从鲁昂出发，后面跟着我那条狗，它叫博克，是普瓦图种大猎犬，长得前胸宽大，鼻子很灵，在荆棘丛里寻找野兽的时候一点不比蓬托德梅尔种的猎犬差。

"我把旅行包放在身后的马背上，猎枪斜挎在肩上自己背着。这一天天气很冷，寒风紧吹，凄凉悲怆，天上乌云密布。

"从康特勒山坡往上爬的时候，我眺望塞纳河河谷，大河逶迤曲折，流向遥远的天际。左边的鲁昂城中钟楼林立，高插云霄，朝右边放眼望去，只见幽幽山坡，一片林海。接着我策马钻进鲁马尔森林，时而漫步，时而疾驰，临近傍晚5点钟的时候赶到小楼，卡瓦利耶老爹和塞莱斯特正等着我。

"10年来我总是这样，在一年的这个时候来到这儿，迎接我的总是那么几个人，招呼我的也总是那么几句话。

"'您好，我家先生，身体还好吧?'

"卡瓦利耶没有怎么变，时光荏苒，他却像一棵老树总是那模样。可是塞莱斯特见老，特别是这四年来变得都认不出来了。

"她几乎完全佝偻了，虽然还很有精神，但走起路来整个上身都往前倾，同下面两条腿几乎都成了直角。

"老妇人忠心耿耿，一见到我总是非常激动，见到我以及送我走的时候，她都会说上这么一句:

"'可得想着，说不定这是最后一次了，我家先生。'

"同我告别的时候，这位年迈的女用人总是愁眉苦脸，心事重重，她看到自己死就是眼前的事了，想躲也躲不过去，显出一副无可奈何的样子。每年见到她这模样我心里总不是滋味。

"我从马背上跳下，同卡瓦利耶握手，他接着把马牵到当马厩用的一间小屋，这时我在前面，塞莱斯特在后面跟着，我们一前一后进了也当餐厅用的厨房。

"不一会儿护林人也进了厨房，我一眼看见他脸上神色跟往常不一样，好像有什么心事，一副心神不定、忐忑不安的样子。

"我朝他说:

"'呃，卡瓦利耶，一切都称心吧?'

"他支支吾吾地说：

"'也称心，也不称心，有些事可让我糟心了。'

"我于是问他：

"'什么事，老伙计？说给我听听。'

"他却摇了摇头：

"'不，还不到时候，先生，我可不想您一来我就拿我这些烦心事烦您。'

"我一定要他说，可他无论如何不肯在我用晚饭前把事情告诉我，不过，从他那脸相我已经看出事情很严重。

"一时不知道对他说什么好，我只得说：

"'猎物怎么样？能找到吗？'

"'噢！猎物吗，有，有的是，有的是！您要多少有多少。谢天谢地，我眼力还好。'

"他说这话的时候，面孔铁板着，而且愁眉不展，显得很滑稽，上嘴唇上的花白小胡子似乎都要从嘴唇上掉下来。

"突然，我发现还没有见着他的侄子。

"'马里于斯呢？他在什么地方？怎么不过来？'

"护林人像是愣了一下，瞪着两眼怔怔地望着我。

"'呃，先生，索性马上把话对您说了吧，没错，我想索性讲了的好，我觉得烦心的事同他有关。'

"'啊！啊！是这么回事，他人呢？'

"'在马厩待着，先生，我正等什么时候让他过来才好。'

"'他干什么事了？'

"'事情是这样的，先生……'

"护林人却又迟疑起来，说话的声音因为发颤变了声调，脸也突然塌了下来，只见全是深深的皱纹，一副老态龙钟的样子。

"他接着慢条斯理地讲了起来：

"'是这么回事。冬天的时候我就发现有人在罗塞莱那边的林子偷摘东西，可是我没有能把人抓住。于是，我就在那儿守着，先生，守了一夜又一夜，可是什么也没有发现。就在这时，埃科舍维尔那边的林子也有人偷摘，把我急得人都瘦了一圈，可要逮住这偷摘的人，门也没有！真可以说这无赖似乎事先知道我的行踪，也知道我心里怎么盘算。

"'可是有一天我给马里于斯刷裤子，是他过节穿的那条裤子，我发现裤兜里有 40 苏的钱，这孩子哪儿来的钱呢？'

"'我琢磨了整整一个星期，后来我看见他总往外面走，我一回来休息他就往外面走，真的，先生。'

"'这样我就盯上他了，不过压根儿没有往这事上想，噢！真的，压根儿没有想。一天早晨，我当他面上床睡了，接着我又马上起来，在后面跟着他走。在后面跟踪，谁也比不上我，先生。'

"'这样我就把他逮住了，是的，在您地里偷摘的就是马里于斯，先生，就是他，我的侄子，而我做叔叔的，却在给您看林子！'

"'我顿时怒不可遏，狠命揍了他一顿，差一点把他打死。啊！没错，我狠狠地揍了他一顿，狠极了！我还对他说，等您来这儿的时候，他还得当您面挨我一顿揍，长长记性。'

"'事情就是这样，我愁得人都瘦了。您也知道人生气的时候会怎么样。可您说说，这事轮到您身上该怎么办？他是个没爹没娘的孩子，亲人就我一个。我最后还是把他留了下来，我不能撵他走，是不是？'

"'不过，我对他讲清楚了，他要是再偷，那就完了，真的完了，不会再饶他。事情就这样，我做得对不对，先生？'

"我朝他伸出手说道：

"'您做得很对，卡瓦利耶，您是个大好人。'

"他站起身说：

"'谢谢，先生。现在我去叫他来，得训训他，让他长个记性。'

"我知道这老人想干什么事，别人是劝不住的，于是我由着他按自己的意思办。

"他去找那小泼皮，揪着耳朵把他拽了过来。

"我坐在一张干草垫子的椅子上，像法官似的板着脸。

"我觉得马里于斯比去年长高了，也越发难看，一副奸诈阴险的坏相。

"他那双手大得出奇。

"他叔叔把他一下推到我面前，用他军人的腔调说：

"'给主人赔不是。'

"男孩一声不吭。

"这退伍宪兵于是一把抓住男孩，把他举了起来，接着狠命揍他屁股，我只得站起来制止。

"这时孩子大声喊了起来：

"'饶命呀！饶命呀！饶命呀！我一定……'

"卡瓦利耶把他扔在地上，按住肩膀逼他跪下：

"'快赔不是。'他说道。

"小泼皮垂着双眼，喃喃说：

"'我错了。'

"他叔叔把他提起来，啪地抽了一个巴掌叫他走，抽得他又一次跌跌撞撞。

"他走了，整个晚上我都没有再见到他。

"可是卡瓦利耶好像心神不定。

"'这可是个坏种。'他说道。

"吃晚饭的时候，他不停地说：

"'噢！这事太让我伤心了，先生，您都不知道我怎么伤心呢。'

"我想劝他，但怎么说都没有用。

"我早早上床睡了，因为第二天天一亮就得起来打猎。

"我吹灭蜡烛的时候，我那条狗已经趴在我床前的地板上睡着了。

"半夜我突然被博克的狂叫声吵醒，睁眼一看房间里全是烟，我赶紧起床点燃蜡烛，冲过去把门打开。滚滚大火扑的一下蹿了进来，小屋着火了。

"我马上把厚厚的橡木门关上，穿好裤子，把床单卷成绳子绑住我那条狗，从窗子把它吊下去，接着把我的衣服、装猎物用的袋子以及猎枪吊下去，然后我自己顺着这绳子爬下去。

"我使出全身力气大声喊：

"'卡瓦利耶！卡瓦利耶！卡瓦利耶！'

"可是护林人就是没有醒过来，像他这样的老兵睡觉都很死。

"可是，我从楼下的窗子看出下面屋子已是一片熊熊烈火，我发现有人早已在屋子里塞满了干草，存心让火烧旺。

"这么说是有人纵火了！

"我拼命喊了起来：

"'卡瓦利耶！'

"这时我忽然想到可能是浓烟把他熏得窒息了。我急中生智，往猎枪塞进两颗子弹，冲着卡瓦利耶的窗子开了一枪。

"那房间的六块玻璃顷刻震得碎片四下飞溅，这一次老头听见声音了，他的身影冒出来了，只见他神色慌张，身上只穿了一件衬衣，一看到自己睡觉的屋子前一片熊熊火光，他更是惊恐万状。

"我冲着他喊：

"'您这屋子着火了！快从窗子跳出来，快！'

"火苗从楼下屋子的门窗蹿出来，舔着墙朝他那儿蔓延过去，把他围在里面。他像猫似的往外一跳，两脚着地站住。

"说时迟，那时快，茅草屋顶咔嚓一声从楼梯上面的正中间断开，楼梯成了楼下大火的烟筒，一束通红的巨大火苗忽地升起蹿向天空，像散开的水柱渐渐扩散，在茅草屋四周下雨一般洒下密密麻麻的火星。

"不过几秒钟的工夫，茅草屋完全成了一个大火团……

"卡瓦利耶惊愕失色，问道：

"'这火怎么着起来的？'

"我回答说：

"'有人在厨房放火了。'

"他喃喃说道：

"'谁会放火呢？'

"我忽然明白过来，说道：

"'马里于斯！'

"老头明白了，嘟囔着说：

"'噢！圣母玛利亚！难怪他没有回来！'

"可我这时脑子里突然闪过一个可怕的念头，不禁大喊了一声：

"'塞莱斯特？塞莱斯特呢？'

"他没有答话，只听得屋子轰的一下在我们眼前倒塌，烧成滚滚大火，火光冲天，一片通红，晃得我们睁不开眼，烈火中那老妇人准已经烧得不成人样，变成一团人肉烧成的赤红炭火了。

"我们都没有听到她喊叫出一声。

"这时火快烧着旁边的马厩，我突然想起我的那匹马，卡瓦利耶立即冲过去，赶快把马放出来。

"他刚把马厩门打开，有人就迅速而灵敏地钻到他两腿之间，把他推倒趴在地上，原来是马里于斯，正拼命跑着逃开。

　　"卡瓦利耶立即站起来，他想追过去抓住这混蛋。然而他知道自己根本追不上，急得都要疯了，一时昏了头什么都不顾不管，从紧挨着他的地上拿起我的猎枪架在肩膀上，不等我有什么动弹，就'乓'的一声开了枪，都不知道枪是不是已经上了子弹。

　　"刚才为了鸣枪喊救火，我在枪里上了子弹，其中有一颗还留在枪里。子弹打中慌忙逃跑的小泼皮的后背，只见他一下扑倒在地上，浑身都是血，两只手和两只膝盖在地上乱划，活像受了致命伤的兔子见到猎人过来时候的挣扎。

　　"我急忙冲过去，男孩已经在喘粗气了，屋子的火还没有熄灭，他就断气了。

　　"卡瓦利耶身上还只穿一件衬衣，下身露着大腿，挨在我们边上站着，目瞪口呆地一动不动。

　　"村里人都赶来了，他们把我的护林人带走，这时他浑浑噩噩仿佛疯子似的。

　　"我出庭作证，把事情详详细细、原原本本地讲了一遍。卡瓦利耶被判无罪，但是判决当天他就离开当地，不知去了什么地方。

　　"后来我一直没有再见到他。

　　"诸位先生，这就是我要讲的打猎的故事。"

珍珠小姐

一

说实在的，这天晚上我竟然想起挑珍珠小姐当王后，简直是莫名其妙。

每年我都去老朋友尚塔尔家过三王来朝节①。我父亲是他们家最深的知交，在我小的时候父亲总带我去他们家，后来我也一直去，而且，只要我活着，只要在这世界上还有他们姓尚塔尔这一家，我还会去他们那儿。

尚塔尔那家过日子非常古怪，他们住巴黎，就跟住格拉斯、伊沃托或者蓬塔蒙松②似的。

他们在天文台附近的一座小花园里拥有自己的房子，总待在屋里，跟待在外省一个样子。巴黎，真正的巴黎是什么样子，他们啥也不知道，也不去瞎猜瞎想。他们简直就像远在千里之外，远在天边！不过他们也偶尔到巴黎走一趟，这可就算是出远门

---

① 天主教节日，基督教也称主显节，旧典礼为1月6日，现为1月2日至8日间的星期日。这天人们吃三王来朝节饼，吃到饼内放有蚕豆或小瓷人者为王或王后。

② 均为法国外省小城市。

了，用他们家的话来说，尚塔尔太太要去购买一大批食品。这购买一大批食品的情况是这样的：

珍珠小姐分管食品柜的钥匙（因为衣柜归女主人自己亲自掌管），她负责报告糖是不是快吃完了，罐头食品是不是快没有了，咖啡袋里是不是还有东西。

这样，如有饥荒的危险，尚塔尔太太就会得到警报，于是她把剩下的东西亲自察看一遍，用小本一一记下来。然后，把一大堆数字记下之后，她自己先算上老半天，接着再同珍珠小姐商量老半天，不过最后总能取得一致意见，确定每样东西三个月的用量，有糖、米、李子干、咖啡、果酱、罐头青豌豆、罐头菜豆、龙虾、咸鱼或者熏鱼，等等。

算好谈好之后，确定采购的日子，接着就走了。一路坐出租马车，就是那种车顶上有行李架的出租马车，过桥到新区那边的一家很大的食品杂货店买东西。

这一趟路神出鬼没，尚塔尔太太和珍珠小姐两人一起走。到吃晚饭的时候她们才回来，那公共马车顶上摆满了包裹和篮子，简直就像搬家似的。她们虽然意兴未尽，人一路颠簸下来却已经筋疲力尽了。

在尚塔尔一家看来，塞纳河对岸那边的巴黎都是新区，那里住的人都怪里怪气，喜欢大声喧哗，不是什么正经人，白天穷奢极欲，夜里灯红酒绿，一个个都是挥金如土。不过他们也会偶尔带家里的姑娘去歌剧院或者法兰西大剧院，这时上演的都是尚塔尔先生在报上看到的推荐的戏。

姑娘一个 19 岁，一个 17 岁，两人都长得花容月貌，身材修长，冰肌玉骨，而且都非常有教养，简直太有教养了，教养好得她们走过的时候，活像两个漂亮的布娃娃，不声不响，不会引起人家注意。我从来没有产生过去注意或者去追这两位尚塔尔小姐的念头，她们一副洁白无瑕的样子，几乎没有人敢同她们说话，人家甚至都怕有失体统，不敢向她们行礼打招呼。

至于那位父亲，他是个讨人喜欢的人，很有学问，也非常开朗，非常热情，他对别的都无所谓，唯独喜好悠闲、安逸和幽静。结果，为了照他的心思过日子，他把全家弄得死水一潭，没有一点生气。他博览群书，聊天饶有情趣，容易动情。他缺少交往接触，也没有什么摩擦冲撞，弄得他的皮肤——当然是精神皮肤，又娇嫩又敏感，有点什么事他就感慨万分，冲动不已，心中郁郁不乐。

然而尚塔尔一家也有交往，不过交往的圈子有限，都是临近人家中精心挑选出来的，也仅有数家而已。他们同住在远处的亲戚每年相互走动两三次。

而我，每逢8月15日圣母升天节和三王来朝节这两天都去他们家，这已经成了我应尽的一项义务，就像天主教徒每逢复活节必须去领圣体一样。

8月15日这一天他们还会另外请几个朋友，但是三王来朝节就我一个客人。

二

这一年跟往年一样，我又去尚塔尔家吃晚饭，过三王来朝节。

我按照老规矩，拥抱了尚塔尔先生，尚塔尔太太和珍珠小姐，向路易丝和波利娜两位小姐深鞠一躬。一家人问了我许多话，什么林荫大道上有什么大事，政局怎么样，公众对东京湾事件①怎么想的，以及我们众议员如何，等等。尚塔尔太太是个胖女人，她的想法我总觉得像方石那样方方正正，每次谈起政治她最后总要说一句："这些都是日后的祸根。"我怎么会想到尚塔尔太太的想法是方方正正的呢？我也说不清楚，但只要是她说的话就会在我脑子里形成一个四方形，一个四角对称的巨大四方形。别的一些人的想法我总觉得像是圆的，像铁环一样滚动。这些人对什么事刚说一句话，这就滚动了，滚出 10 个、20 个、50 个圆形的想法，有的大，有的小。我看到这些圆圈一个接一个地滚，一直滚到天际。还有些人的想法是带尖角的……不过，说这些都是无关紧要的废话。

大家像往常一样坐下来吃饭，一席晚饭从头到尾都没有什么值得记住、可以说一说的。

最后是吃甜食，三王来朝节饼端了上来。以往每年吃饼做国王的总是尚塔尔先生，这是一而再再而三的巧合，还是他们家里事先安排好了的，我就一无所知了，反正他总会在他那份饼中找到蚕豆，于是他就宣布尚塔尔太太为王后。所以，当我把饼一口咬下去，觉得有什么发硬的东西差一点把牙崩了时，我不禁大吃一惊。我轻轻把这东西从嘴里掏出来，一看是个小瓷人，只有菜豆那样大。我惊奇得"啊"地喊了一声，大家都在朝我看，尚塔尔先生一边拍手一边大声喊："是加斯东！是加斯东！国王万岁！国王万岁！"

大家异口同声跟着一齐喊："国王万岁！"这一下把我闹了个

---

① 19 世纪初法国侵略越南并进攻中国，引起中法战争，双方在军事上互有胜负。1885 年中国军队重创法军，引起法国政局动荡，当时被法国称东京湾（即北部湾）事件。

大红脸，那情形就同人在发窘的时候往往会莫名其妙地脸红一模一样。我低垂着双眼发呆，竭力堆出一副笑脸，不知道怎么办，也不知道说什么才好，这时尚塔尔先生说："现在得挑选王后了。"

我顿时慌了神。不过一秒钟的工夫，千百种想法，千百个猜测在我脑中一闪而过。这是不是要我在尚塔尔家的两位小姐中挑一个？这是不是一种手段，让我说出喜欢哪一个？是不是做父母的巧妙设计，不露声色悄悄促成一桩可能撮合成的婚事？女儿大了，有关婚姻大事的想法必定会在家中萦绕，想法会是形形色色，会有种种假象，也会采取各种各样的法子。我心里直发毛，这事让我感到钳口结舌，路易丝和波利娜两位小姐总是那么四平八稳，不苟言笑，选这一个不选那一个，我觉得这同让我在两滴水中要这一滴不要那一滴一样伤脑筋。另外，让我干这种冒险的事，什么国王王后的看来无所谓，可一步步慢慢走下去，虽是和风细雨，却神不知鬼不觉，平平稳稳地弄得我身不由己只得同人结婚，我不禁感到芒刺在背，六神无主了。

但是我突然灵机一动，朝珍珠小姐伸出手，把这象征性的小人儿递了过去。大家先是一愣，接着大概很欣赏我这样既隐而不露，又得体大方的做法，疯了似的拍手鼓掌，一边大声喊："王后万岁！王后万岁！"

可她，这可怜的老姑娘，犹如坐针毡一般，浑身颤颤发抖，茫然失措，结结巴巴地说："噢，不行……不行……别选我……多谢您了……别选我……多谢您了……"

这时，我生平第一次注意起珍珠小姐来，心中琢磨她到底是个什么样的人物。

我在这家屋里见到她早已习以为常，就好像见到那些老古董丝绒垫椅子一样。这种椅子我自小就在上面坐，可从不认真看一

31

眼，某一天也不知道是什么缘故，因为有一缕阳光落在这椅子上，突然心中想："噢，这椅子还真是稀罕之物。"再一看，原来这椅子木工活非常精致，出自艺人之手，而且丝绒料子也非常出色。总之，以前我从来没有注意过珍珠小姐。

她是尚塔尔家的一员，别的都说不上。但是，她怎么会是这家的一员？在这家算什么身份？她长得很高挑，总是十分注意不去招人显眼，但她又不是一个可有可无的人。大家对她很亲切，比对女佣好，但不如亲戚。这时我一下子发现了一大堆分寸上的细微差别，可是过去我竟然一直没有当回事！尚塔尔太太叫她"珍珠"，两个姑娘叫她"珍珠小姐"，尚塔尔先生只叫她"小姐"，不过口气可能要敬重一些。

我开始观察她起来。她有多大年纪？40岁吧？这老姑娘人其实并不老，可她往老里打扮。一瞬间，我自己都对这个发现感到吃惊。她头上梳的发型，身上的穿着以及打扮都滑稽可笑，不过尽管这样，她人一点也不滑稽可笑，因为她身上有一种纯朴的雅致，但这雅致被掩盖了起来，而且是精心掩饰起来的。说真的，这女人实在太离奇古怪了！我以前怎么没有想到好好观察一番呢？她的头发梳得奇形怪状，满头都是老气横秋的小细卷，十分可笑。总是整整齐齐的圣母玛利亚式的头发下面则是宽阔安详的前额，上面刻了两道深深的皱纹——这是长年累月忧伤留下的皱纹，往下则是蓝莹莹、温柔和悦的大眼睛，显得那样柔弱，那样胆怯和谦逊。这双美丽的眼睛总是那样朴实自然，充满了小女孩的惊诧、少女的感觉以及忧伤，忧伤虽然嵌入双眼深处，然而眼神非但没有慌乱迷茫，反而越发温柔多情。

整个脸庞清秀而端庄，这样的脸孔虽不曾因为人生的艰辛或大喜大悲而受到摧残和变得凋零，但已是光彩不再了。

多漂亮的嘴！多漂亮的牙齿！然而看来这嘴没有勇气来

微笑。

忽然，我把她同尚塔尔太太比较了一下。千真万确，珍珠小姐要好得多，简直好出百倍，不但更文雅，更高贵，而且更神气。

如此这番观察下来我自己都惊呆了，这时桌上正斟香槟酒，我朝王后端起酒杯，文绉绉地恭维了几句，为她的健康举杯。我看出她真想用餐巾把脸捂住，接着她用嘴唇抿了一下杯中晶莹透亮的酒，大家一齐喊了起来："王后喝酒了！王后喝酒了！"她顿时满脸通红，呛得透不过气来。大家都笑了，不过我看得很清楚，全家人都非常喜欢她。

三

晚饭一结束，尚塔尔先生就挽起我的胳膊，这是他抽雪茄的时间，神圣不可侵犯。他一个人的时候，就到外面路上抽，家里有客人来吃饭，他就到楼上弹子房，一边打弹子一边抽。这天晚上因为是三王来朝节，弹子房里生了火。我这位老友拿起棒杆，仔细用白粉擦了一遍，然后说：

"你开球，小伙子！"

虽然我已是 25 岁的人了，但他是看着我长大的，所以他对我说话总用"你"。

我于是开球，几次连撞两球，也打空了几次。我脑中总在想珍珠小姐的事，突然问了一句：

"您说，尚塔尔先生，珍珠小姐是不是您府上什么亲戚？"

他停下不打了，非常惊奇地看了我一眼。

"什么，你不知道吗？你不知道珍珠小姐的身世？"

"不知道。"

"噢，噢，这就奇怪了！啊！竟是这样，太奇怪了！噢！这可不是什么普普通通的小事!"

他停了一下,接着又说:

"你知道吗,今天三王来朝节你问起我这事,真是不同寻常。"

"为什么?"

"啊!为什么?你听我说。这是41年前的事了,事情就发生在41年前的三王来朝节这日子。当时我们住在鲁伊—托尔那边的城根上。不过还是先对你说说我们家房子,也好让你听清楚是怎么回事。鲁伊城建在一座山坡上,或者更确切地说,建在一座小丘上,小丘下面是一大片草地。我们家的房子就坐落在那儿,还带一座很好看的花园,花园就在古老的城墙上面托着,好像悬在半空似的。所以房子在城里挨着街,而花园却高高俯视空旷平坦的草地。花园在旷野一边的出口有一扇门,正好在暗梯的顶头,暗梯穿进厚墩墩的城墙往里钻,小说中常有这种暗梯。门前是一条大路,门上挂了一只硕大的铃铛,因为农民送货来都不想绕大圈子,就直接走这儿。

"你现在清楚这地方了,是不是?那一年三王来朝节这天已经下了一个星期的雪,像是到了世界末日。我们登上城墙眺望旷野,心都凉透了,只见冰天雪地茫茫一片白,好像涂了一层清漆似的闪闪发亮。简直可以说,上帝把大地捆扎包好,准备拿到这陈旧世界的巨大顶楼里放起来。我这么对你说吧,这景色实在凄厉苍凉。

"那时候我们全家人都在一起,家里人口多,确实很多,有我父亲,我母亲,我姨妈和姨夫,有我的两个哥哥和四个表妹。几个表妹全都是漂亮的小姑娘,我娶的就是她们中最小的那一位。这一大群人现在就剩三个——我,我妻子以及住在马赛的老姨妈。噢,一大家子就这么凋零了,我想起来就瑟瑟发抖!当时

34

我 15 岁，可现在已是 56 岁的人了。

"那时我们高高兴兴准备过三王来朝节，真的非常高兴！大家都在客厅里等着吃晚饭，这时我大哥雅克突然说：'旷野上有条狗叫了有 10 分钟，这可怜的畜生一定是迷路了。'

"他话还没有说完，花园的铃铛响了。这铃铛声音像教堂的钟声那样发瓮，一听就让人想到死什么人了。大家顿时毛骨悚然，我父亲喊仆人，叫他出去看看怎么回事。我们都一声不响地听着，脑子里想的还是漫天遍野的茫茫大雪。仆人回来，说什么也没有看见。那狗还在不停地叫，而且叫的位置一点也没有变化。

"开始吃饭了，可是大家都有点心慌意乱，特别是我们这些小孩子。直到上烤肉前都没有什么事，然而就在这时那铃铛一连响了三下，这三声又响又长，震得我们手指尖都在发颤，我们全都一下屏住了气。大家面面相觑、木然不动，手中的叉子向上竖着，一个个吓得魂不附体了。

"终于我母亲开口说：'真是奇怪，过了那么长时间又来了。巴蒂斯特，您不要一个人去，让哪位先生陪您一起去。'

"我姨夫弗朗索瓦站了起来。他力气大，也为自己有这样的好力气而自豪，总是无所畏惧。我父亲对他说：'拿上一支火枪吧，也不知道会闹出什么事来。'

"可是我姨夫只拿了一根手杖，就立刻同仆人一起走了。

"我们一直待着，胆战心惊地瑟瑟发抖，谁也不想吃东西，也没有人说一句话。父亲努力想让我们放心，'你们看吧，'他说，'这准是什么乞丐，要不就是什么赶路人在雪地里迷路了。他打完第一次铃，看到没有人立即过去开门，他就想原路返回，可是不知怎么走，只得又回到我们家门口来。'

"我们觉得我姨夫走了有一个钟头，他总算回来了，怒气冲冲地大声嚷道：'什么事都没有，一定是有人恶作剧，真是混蛋！只是那条该死的狗在离城墙百米远的地方乱叫，我要是带着火枪，准开枪毙了它，省得它再这么穷叫。'

"大家接着吃起来，可是人人都心神不定，谁都清楚这还没有完，还会有什么事情出来，过一会儿铃铛还会响起来。

"果然就在切三王来朝节饼的时候，铃铛又响了。男人不约而同全都站了起来，我姨夫喝了点香槟，气冲冲地说他非把这家伙宰了不可，吓得我母亲和我姨妈立即扑上去拦住他。我父亲虽然处事镇静，但腿脚不是很灵活（一次他从马上摔下来，把腿摔断了，从此以后他走路总拖着腿），这时他也嚷嚷了起来，说他倒要去看看究竟是怎么回事。我的两个哥哥，一个 18 岁，一个 20 岁，跑着去拿他们的火枪。我趁大家不注意，劈手拿上一支鸟枪，准备同他们一起冲出去。

"不一会儿我们全都冲到外面，我父亲和我姨夫在前面走，巴蒂斯特在旁边打灯笼，我的两个哥哥雅克和保罗在后面跟着。母亲苦苦求我不要出去，但我还是跟在后面走了，母亲，姨妈和几个表妹都站在门口等着。

"雪在一个钟头以前又下了起来，树上挂满了雪，枞树被沉甸甸的银装压弯，如同白皑皑的金字塔，又像硕大无比的白糖面包。雪花又细又密，只见灰蒙蒙一片，暗处稀稀拉拉的小树丛依稀可见。雪下得很大，十步以外就什么也看不清楚了，可是灯笼却在我们面前投下一大片明晃晃的亮光。开始从建在城墙内部的转梯下去的时候，我真的害怕了。我觉得恍惚有人在我后面跟着，马上就要拽住我的肩膀把我拖走，我想往回走，可是得穿过整个花园，我又不敢。

"我听见对着旷野的那扇门打开，接着我姨夫又骂骂咧咧嚷了起来：'混蛋，他又跑了！我只要看见他的影子，绝不放过

这……家伙。'

"真是阴森瘆人，眼前看到的是茫茫旷野，其实更确切地说，只是感觉到而已，因为此时此刻什么也看不见，只看见漫无边际的雪幕，天上地上，前面后面，左边右边，处处一片晦暝。

"我姨夫接着又说：'呃，这狗又叫了，我得让它领教领教我的枪法，这可是百试不爽。'

"我父亲为人和善，他说：'先去看看再说，这可怜的畜生准是饿了才叫的。它怪惨的，这么叫是在求救，跟人陷入困境喊叫是一个道理，我们过去看看吧。'

"我们钻进灰蒙蒙的黑幕，钻进纷纷扬扬、下个不停的大雪中，接着往前走。只见夜空中雪花满天飞舞旋转，最后飘落下来，掉到皮肤上立刻融化，冰冷的雪片又细又白，一落到皮肤上扎得直发疼，好像被火烧着一样。

"地上的积雪像大面团，软绵绵，冷丝丝，一脚踩下去直埋到膝盖，每走一步都得把腿抬得高高的。我们往前走，狗的吠叫声也就越来越清晰，越来越响。我姨夫大声喊道：'就在这儿！'大家立刻停下来，像夜间贴面遇见敌人那样仔细察看起来。

"我什么也没有看见，走到他们旁边才看清。一看还真吓人，简直难以置信，那狗又大又黑，全身长着长毛，是条牧羊犬，脑袋像狼，四腿绷直立着，站在灯笼光照亮的雪地尽头，一动不动，也不再吠叫了，只是看着我们。

"我姨夫说：'怪了，它既不往前走，也不往后退，我真想给它一枪。'

"我父亲坚定地说：'不，应该逮住它才对。'

"这时我哥哥雅克插进来说：'不光是狗，旁边还有什么东西。'

"狗身后的确有样东西，黑乎乎，看不清究竟是什么，大家接着小心翼翼往前走。

　　"狗看到我们走过去，弯起后腿坐了下来，它那样子一点也不凶，倒像终于把人引过来了，它感到很高兴。

　　"我父亲径直走过去抚摸它，它伸出舌头舔我父亲的手。这时我们发现狗被拴在一辆小车的轮子上，车小得就像玩具似的，严严实实地裹着三四层毛毯。我们小心地把毛毯揭开，巴蒂斯特把灯笼靠到犹如活动狗窝一样的小车车门前，大家终于看清了，原来车里是一个熟睡的婴儿。

　　"我们全都惊得目瞪口呆。我父亲第一个平静下来，他本来就仁厚心肠好，这时他伸手按住车顶说：'可怜的弃儿，你就是我们家的人了！'接着他叫我哥哥雅克推着捡到的车在前面走。

　　"父亲接着自言自语地大声说：

　　"'可能是个私生子，可怜的母亲想起圣婴的故事，趁这三王来朝节的晚上来敲我家的门。'

　　"他又一次站住，朝四边天空用尽全力接连高喊四遍：'我们收下了。'接着，他把手搭在我姨夫的肩膀上轻轻说，'弗朗索瓦，你要是开枪打那狗，那可……'

　　"我姨夫没有答话，但是他在黑暗中画了一个很大的十字，他样子虽然犟头犟脑，其实人却是生性柔心弱骨。

　　"狗已经被解开，在我们后面跟着走。

　　"啊！太有意思了，我们回去的样子非常精彩。先是费了九牛二虎之力好不容易把车从梯子抬上城墙，不过总算抬上去了，然后推着车进了门厅。

　　"母亲又是高兴又是惊讶，那样子真是妙不可言！我那四个表妹（最小的6岁）活像围在窝边的四只母鸡。我们最终从车里抱出还在熟睡的婴儿，这是个女孩，大概一个半月大，襁褓里夹了一万法郎的金币，没错，整一万法郎！父亲把钱收了起来，准备以后给她当嫁资。所以说，这不是穷苦人家的孩子……可能是某个贵族同城中某个平民之女生的……也有可能……我们做了千百种猜测，但始终不知道真相……一直不知道……一直不知道……狗也一样，没有人知道，它是不是当地的。总而言之，这做父亲的或做母亲的三次来敲响我家门铃，一定是很了解我的父母亲，这才选中他们。

"这样，珍珠小姐才一个半月大就来到了尚塔尔家。

"珍珠小姐这名字是后来才叫出来的，一开始给她取名叫玛利·西蒙娜·克莱尔，克莱尔算是她的姓。

"我完全可以说，把这小娃娃抱进餐厅的时候那才有意思呢。她已经醒了，两只蓝莹莹的眼睛惶惑不安，茫然地望着灯光和四周的人。

"我们又回到餐桌上，过节的饼已经分好，我当了国王，跟你刚才一样，我让珍珠小姐当了王后。不过这一天，她一点也想不到会给她这样一份荣誉。

"这样，孩子由我们家收养了。转眼好几年过去，她也长大了，不但温柔可爱，而且很听话。全家人都喜欢她，要不是我母亲不许，她准会被我们宠坏了。

"我母亲是个讲究规矩和等级的女人，她同意把小克莱尔当亲生子女对待，但她坚持各人有各人的身份，我们之间的距离要拉开。

"所以，孩子一懂事，母亲就让她知道自己的身世，和蔼可亲地、甚至是体贴入微地向小姑娘灌输，她在尚塔尔家是收留的养女，但归根结底毕竟是外人。

"小克莱尔以少有的聪慧和惊人的天性明白了自己的身份，懂得安于而且恪守她所能得到的位置，不但有分寸，而且落落大方，没有任何矫揉造作，把我父亲感动得都流下了眼泪。

"这可爱温柔的小姑娘充满了由衷的感激之情，真挚恳切之中又有几分敬畏，我母亲十分感动，不由得喊起她'我的女儿'来了。有的时候，小姑娘做了什么让人高兴得体贴入微的事，我母亲就会把她那副眼镜推到额头——这说明她心中深受感动，嘴里啧啧说道：'这孩子可是一颗珍珠，一颗名副其实的珍珠！'这名字喊开了，小克莱尔成了我们的珍珠小姐，一直到现在都这么喊她。"

四

这时尚塔尔先生坐在弹子台上默不作声，两只脚晃悠着，左手捏着一颗球搓，右手揉着擦石板记分用的、我们叫作"粉笔擦布"的抹布。他脸色微微发红，声音低沉，此时只是在向他自己倾诉。他抚今追昔，往事旧事在他脑际逐一浮现，他在其中悠悠游荡，犹如我们来到自幼长大的家中古老的花园，每一棵树，每一条小径，每一枝花草，尖尖的枸骨叶冬青，馥郁馨香的月桂树，挂满红艳艳，油晃晃，手指一捏就会崩裂的榛子的紫杉，使人每走一步都会想起昔日生活中的某件小事，而正是这桩桩件件微不足道的琐事构成了我们生活中的韶华烟景、万千气象。

我在他对面站着，背靠着墙，两手扶着这时纯属多余的弹子棒。

不一会他接着说道："天哪，她18岁的时候长得真是漂亮……柔情绰态……风致韵绝……啊！漂亮呀……漂亮、娴雅，而且端庄……真是迷人的姑娘呀！她那双眼睛……蓝莹莹……清澈明净……晶莹透亮……这样的眼睛我从不曾见过……从不曾见过！"

他又一次默不作声，我于是问道："她为什么没有结婚？"

他回答说，不过不是回答我的话，而是回答"结婚"这话：

"为什么？为什么？她自己不愿意……不愿意。可她有3万法郎的嫁资，好几个人向她求婚……她都没有答应！那段时间她显得黯然神伤，正是在那时候我同妻子，我最小的表妹夏洛特结婚，我们订婚已经六年了。"

我两眼望着尚塔尔先生，觉得我似乎一眼望到了他的心灵深处，仿佛一下看到了这平淡无奇却又哀戚凄恻的悲剧，看到了这些厚道正直，无可指摘的心灵，看到了这些从未暴露，也从未被人探索，始终无人知晓，连默默忍受，为之哀伤牺牲的人也不知其所以然的心灵。

在好奇心的驱使下，我突然冒失地说：

"娶她为妻的本应该是您，尚塔尔先生！"

他打了一个寒战，望着我说：

"我？我娶谁？"

"珍珠小姐。"

"为什么这么说？"

"因为您爱她胜过爱您表妹。"

他神色慌张，把眼睛睁得又圆又大，异乎寻常地望着我，接着含糊不清地说：

"我爱她……我？怎么可能？你怎么知道的？"

"天哪，事情一目了然……甚至就是由于她的缘故您才推迟婚期，迟迟不同您表妹结婚，害得她等了六年。"

他松开左手，把捏着的弹子扔到一边，然后双手拿起粉笔擦布捂住脸，呜咽哭了起来。他哭的样子让人伤心，又让人觉得好笑，泪水、鼻涕、口水像挤海绵似的一齐流了出来。他又是咳嗽，又是吐唾沫，用粉笔擦布捂着擤鼻涕，擦眼泪，还在打喷嚏，七窍又都流起了水，喉咙好像漱口似的咕噜发响。

我惊得目瞪口呆，直觉得过意不去，不知道说什么，做什么才好，也想不出办法劝他，我真想悄悄溜走。

突然楼梯上响起尚塔尔太太的喊声："你们快吸完烟了吧？"

我打开门，喊了一声："是的，夫人，我们这就下去。"

接着我匆匆朝尚塔尔先生走过去，抓住他的两个胳膊肘说："尚塔尔先生，我们是朋友，请您听我一句，夫人在喊您，平静下来，赶快平静下来，该下去了，您应该平静下来才好。"

他结结巴巴地说："是的……是的……我就去……可怜的姑娘……我就去……你去对我妻子说我马上就到。"

他于是仔仔细细地擦起脸来，擦脸布就是这块两三年来一直作为擦石板上记分用的粉笔擦布，弄得他的脸红一块白一块，额头、鼻子、脸颊上面全是粉笔灰。他两眼红肿，而且依然热泪盈眶。

我拉住他的手，把他拉到他的卧室，一边轻轻说："请您原谅，真是对不起，尚塔尔先生，害得您直伤心……不过……我真的不知道……您……您会谅解的吧……"

他握紧我的手说："是的……是的……心酸的时候总会有的……"

接着他把脸浸到脸盆里洗，等他洗完抬起头，我觉得这脸还是见不得人，不过我已经想到了一个小小的花招。他对着镜子正发愁，我就对他说："只要说您眼睛里掉进一颗小沙子，您就可以当着大家怎么流泪都没事。"

他果然一边下楼一边用手帕揉眼睛。大家都不放心，每一个人都想把这颗沙子找出来，然而谁也找不到，于是大家又讲了许多类似的情况，说必须请医生来才行。

我又来到珍珠小姐身旁，两眼望着她，一股强烈的好奇心弄得我如坐针毡，真不是滋味。的确，她当年一定非常漂亮，一双温柔的眼睛那么大，那么娴静，总是睁大着，似乎这双眼睛同别人的眼睛不一样，从来没有闭合的时候。她的装束有点古怪，一副名副其实的老姑娘的装束，虽然有损她的风姿，但也没有使她显出那种迂拙蠢笨的样子。

我像刚才看到尚塔尔先生的心灵深处一样，这时恍惚也看到了她的内心深处，恍惚发现了她这卑微、纯朴、奉献于他人的一生。这时我话到嘴边，心里憋不住想问她，想知道她是不是也爱他，是不是同他一样，也在默默忍受这漫长的椎心泣血般的痛苦。这痛苦人家看不见，不知道，也猜测不到，但是夜晚一人独自待在幽暗房间中的时候，这痛苦会油然冒出来。我望着她，看到她的心在无袖胸衣下剧烈跳动，我不禁在心中问，这张温存敦厚的脸是否每晚都深深埋在被泪水湿透的枕头里悲咽，人是否在灼热的床上颤颤发抖？

仿佛孩子打破什么精巧小东西，想看看里边究竟有什么东西似的，我压低了嗓门说："您要是看到尚塔尔先生刚才哭的样子，心里一定会感到难受。"

她哆嗦着说："什么，他哭了？"

"噢！真的，他哭了。"

"为什么哭？"

她似乎激动不已，我回答说：

"为了您。"

"为了我？"

"是的，他对我讲了他过去多么爱您，又说同他妻子结婚，而没有能同您结婚，他是多么惋惜。"

我觉得她那苍白的脸微微垂下，那双总是睁大着的娴静的眼睛一下合上，合得又那么迅疾，似乎就此一合再也不会睁开了。她人从椅子上滑下倒在地板上，像落地的披巾一样慢慢瘫软下来。

我喊了起来："快来！快来！珍珠小姐晕倒了！"

尚塔尔太太和她的两个女儿立即赶了过来，趁她们忙着打水，拿毛巾，找醋，我拿上帽子赶紧溜走。

我跨着大步走，心乱如麻，既有懊恼又有愧歉，我又间或感到得意，觉得自己做了一件值得称道而又终究应该做的事。

我问自己："我这样做到底对还是不对？"犹如把一颗子弹留在合拢的伤口下，他们把这事深深埋于心底。现在他们会不会轻松一些？岁月悠悠，他们不会重蹈覆辙再来折磨自己，但时日毕竟还不够久远，他们回溯往事未必能淡然处之。

春天将至，或许某一天晚上一缕月光穿过林间枝叶，照到草地上，照到他们脚旁，他们回肠九转，紧紧握手，一起追怀这段久久在心中压抑的凄怆往事。他们紧握双手须臾即止，然而他们周身激起他们从未有过的颤抖，给这两个瞬间死而复苏的人带来一种电光石火般的神奇感觉，如痴如醉，两个有情人在一阵颤抖间感受到的幸福或许比其他人一生得到的幸福还要丰富多彩。

项　链

　　有些女子花容玉貌，柔情绰态，由于命运出了什么差错，她们偏偏生在小职员家庭，我们这里的女主人公便是其中一个。她没有嫁资，也没有希望得到遗产，根本没有什么办法让一个有钱、出众的男人认识她，理解她，爱她并且娶她，最后无可奈何嫁给了教育部的一个小科员。

　　她衣着简朴，因为她没有钱打扮，但她心里悲愤痛切，仿佛自己倒霉降了身价。这是因为女人本没有什么等级高低之分，也没有什么世系贵贱之说，她们的姿色，她们的风致，以及她们的娇媚全都可以当作出身和门第。她们凭天生的聪颖，雅致的本性和机敏的头脑就可以扶摇直上，平民百姓家的姑娘也可同贵妇平分秋色。

　　她总是哀戚悲怆，觉得自己生来本就应该过那种花团锦簇般的生活，享尽一切富贵荣华。她恨自己家住得僻陋苟简，墙上光秃秃，椅子破破烂烂，窗帘桌布等也都那么寒碜难看。所有这些东西，换一个与她处在同一地位的女人，一点也不会在意，可在她这是一种折磨，心里总是愤愤不平。一看到在她家帮工做粗活的布列塔尼①小女子，她便闷闷不乐茫然若失，又会心潮翻腾做

————————

　　①　法国西北部地区名。

起美梦来。她梦见自己恍惚置身于深幽静谧的候见厅，四壁镶嵌东方墙饰，高大青铜烛台照得满屋通明，暖气管烤得让人昏昏沉沉，只见两个身穿短裤长袜的高大男仆在宽大的沙发上懒洋洋睡着了。她又梦见自己依稀置身于大客厅，墙上蒙了一水儿的古代锦缎，精致的家具上面摆了这样那样的古玩，全都是无价之宝。她又梦见自己似乎来到小客厅，不但玲珑剔透，而且芬芳馥郁，这正是下午5点钟同最亲密的男友娓娓而谈的好地方，来的男友当然都是名人雅士，女人都认得他们，也都为之倾倒，一心想得到他们的赏识。

坐下吃晚饭的时候，她眼前摆的圆桌上的桌布已经三天没有洗了，丈夫坐在她对面揭开大汤碗盖子，眉飞色舞地说道："啊！多好的炖肉！我真不知道还会有比这更美的东西了……"这时，她脑子里想的却是精美的筵席，餐具全是锃亮的银器，壁毯上织了成群的古人和仙林中的异鸟珍禽。她仿佛看到了盛在精妙盘中的佳肴，自己一边享用粉红色的鳟鱼肉，或者松鸡翅，一边带着玄妙的微笑，侧耳听着低声细语的倾诉。

她没有像样的服装，没有首饰，什么都没有，可她喜欢的就是穿戴，觉得自己太适合穿戴了，一心盼着自己能讨人喜欢，让人羡慕，让人倾心，让人朝思暮想。

她有位女友很有钱，是她上女子寄宿学校时的同学，可她不想再去见人家，因为每次回来心中总是酸溜溜的。她会一连几天流泪不止，又是伤感懊恼，又是绝望愧痛。

然而一天晚上丈夫回家的时候喜气洋洋，手里拿着一只大信封。

"给，"他说，"这是专门给你的。"

她急忙拆开信封，抽出一张请柬，上面的字都是铅印好了的：

兹定于一月十八日在本部大楼举行晚会，敬请卢瓦泽尔先生及夫人届时光临。

教育部部长乔治·朗波诺暨夫人谨订

　　她没有像丈夫期望的那样欣喜若狂，而是生气地把请柬扔到桌上，一边喃喃说：

　　"你说我要这请柬有什么用？"

　　"可是，亲爱的，我本想你一定感到很高兴。你从不出门做客，这请柬可是一个机会，上好的机会！我好不容易才弄到手，谁都想要，这是抢手的好东西，不随便给普通职员。你去就能见到官场上所有的大人物了。"

　　她生气地瞪了他一眼，不耐烦地说：

　　"你说我穿什么衣服参加晚会？"

　　他可没有想到衣服的事，嘟囔着说：

　　"可以穿你上剧院看戏的那套衣服，我觉得那衣服就很好……"

　　他看到妻子泪汪汪的，顿时目瞪口呆不知所措，话也说不下去了。只见妻子眼角淌下两大滴泪珠慢慢向嘴角流去，他结结巴巴地问：

　　"你怎么啦？你怎么啦？"

　　她强忍着，终于压住心中的痛苦，一边擦已被泪水沾湿的脸颊，一边沉住气回答说：

　　"没有什么，只是我没有什么好穿戴的，所以这晚会我去不了。你同事中有谁的妻子穿得比我漂亮，你就把这请柬给他好了。"

　　他感到愧疚，说道：

47

"你说，玛蒂尔德，一套像样的衣服要多少钱？衣服要落落大方，别的场合也可以穿。"

她想了几秒钟，算了算钱数，她想这钱数既要能说得出口，又不能把节省的小科员吓得一声惊叫当场回绝。

她终于吞吞吐吐地回答说：

"我也不是很清楚，不过我觉得有 400 法郎大概就够了。"

丈夫的脸微微白了一阵，因为自己攒下的钱刚够这个数，他想买一支猎枪，明年夏天利用星期日同几个朋友一起去楠泰尔打云雀玩。

但他还是说：

"行，我就给你 400 法郎，不过你应该尽量做一条漂漂亮亮的连衣裙。"

晚会的日子渐渐临近，卢瓦泽尔太太好像有什么伤心事，一副焦虑不安的样子。然而她的衣服已经做成。一天晚上丈夫问她：

"你怎么啦？你看，三天来你总像有什么心事。"

她回答说：

"我烦透了，什么佩戴的东西都没有，什么首饰都没有，连粒宝石都没有，我真是寒酸死了。这晚会我还是不去的好。"

丈夫说：

"你可以戴真花，现在这季节戴花非常漂亮。你花 10 法郎就可以买到两三朵鲜艳夺目的玫瑰。"

她根本听不进去。

"不行……挤到一群阔太太中间，自己却是一副穷酸样，没有比这更丢人的了。"

然而丈夫突然大声喊道：

"你真糊涂！可以去找你的好朋友福雷斯捷夫人呀，让她借你几样首饰用用，你跟她很要好，完全可以向她借首饰。"

她高兴得叫了起来。

"真的！我自己倒没有想到。"

第二天她去见她的朋友，向她讲了讲自己怎么伤心。

福雷斯捷夫人朝镶有穿衣镜的衣柜走去，从柜子里取出一只大盒子拿了过来，把盒子打开，对卢瓦泽尔太太说：

"你自己挑吧，亲爱的。"

她第一眼看到几副手镯，接着看到一串珍珠项链，然后又看到一只威尼斯纯金十字架，上面镶了宝石，做工精致。她对着穿衣镜把这些首饰都试了一遍，总是拿不定主意，可又舍不得摘下来放还到盒子里去。她一遍又一遍问：

"你还有别的吗？"

"当然有，你自己找吧，我不知道你看中哪一样。"

突然她发现在一只黑缎子的盒子里有一条玲珑剔透的钻石项链，她一看就欣喜若狂，心怦怦直跳，双手拿起项链的时候都在瑟瑟发抖。她把项链套上脖子，露在小领口的连衣裙外面，对着镜子一照，自己都心醉神迷了。

她犹犹豫豫，惴惴不安地问：

"你能把这条项链借我用吗？就借这一条？"

"能，能，当然能。"

她一把搂住朋友的脖子，亲热地吻了一下，然后拿着她的宝贝一溜烟走了。

举行晚会的这一天到了。卢瓦泽尔夫人旗开得胜。女宾中就数她最漂亮，风姿如玉，仪态万方，脸上总是笑盈盈，兴冲冲地几乎要疯了似的。所有的男人都在看她，打听她的名字，想方设法同她结识。部长办公室的那几位专员一个个都想同她跳一圈华尔兹舞，部长本人也注意起她来。

她跳得如痴如醉，柔情绰态舞姿翩翩，乐悠悠飘飘然，脑子里什么也不想，风致韵绝得意扬扬，光彩夺目出尽风头，喜洋洋仿佛置身云端，大家恭维的恭维，赞叹的赞叹，种种欲望被唤醒，胜利是这样的完美，甜丝丝直往女人心中钻。

她离开的时候已经临近凌晨4点钟了。她丈夫从午夜起就在一间小客厅里睡着了，小客厅僻静角落，同他一起的还有三位先生，他们的妻子也都在尽情欢乐。

丈夫把散场后穿的衣服给她披在肩上，这是过日子穿的平常衣服，那粗陋寒酸的样子同舞会上华美的穿戴简直就是判若云泥。她已经察觉到了，真想立刻悄悄溜走，免得被那些身裹裘皮大衣的夫人们看出来。

卢瓦泽尔一把拉住她：

"等着，你到外面会着凉的。我去叫一辆出租马车。"

但她不听，只顾自己匆匆下了楼梯。他们走到街上，没有看到马车，于是他们开始找起来，一看到马车远远走过就朝车夫直喊。

他们朝塞纳河走下去，心中非常失望，浑身瑟瑟发抖。到了河边码头，他们终于看到一辆又破又旧的马车。这种破旧马车整夜在街头游荡找生意，它们仿佛自惭形秽，在巴黎也只是到了天黑以后才会被看到，一到白天便销声匿迹了。

马车最后驶入马蒂尔街，把他们送到家门口，上楼回家的时候两人愁眉苦脸。对她来说，一切都是明日黄花；而他，心中在想上午10点钟就得到部里办公。

她卸下披在肩上的衣服站到穿衣镜前，想最后看一眼自己是何等光彩。只听得她突然一声大喊，挂在脖子上的项链不见了。

丈夫已经脱去了一半衣服，问了一句：

"你怎么啦？"

她失魂落魄一般朝丈夫转过身来。

"我……我……我把福雷斯捷夫人的项链弄丢了。"

丈夫心中一震，噌地站了起来。

"什么！怎么回事！不可能！"

两人一起找起来，翻开连衣裙的褶皱找，翻开外套的褶缝找，翻开所有口袋找，什么都找遍了，哪儿也没有找到。

丈夫问：

"你肯定舞会散场出来的时候项链还戴在身上？"

"没错，在部里经过前厅的时候我还摸了一下。"

"可是，这要是走在街上弄丢的，我们应该听到掉在地上的响声，项链准落在马车上了。"

"对，有可能，你记下车号了吗？"

"没有，你没有留意车号吗？"

"没有。"

两人面面相觑，全都慌了神。卢瓦泽尔最后又把衣服穿上。

"我去顺着我们步行走过的路再走一遍，"他说道，"看看能不能找到。"

丈夫说完就走了。她还是一身舞会穿着，连上床的力气都没有了，有气无力地瘫倒在椅子上，屋子没有生火，她脑子里空荡荡什么也不想。

早上临近7点钟的时候丈夫回来了，什么也没有找到。

丈夫接着去警察局和各家报馆悬赏寻找，接着又去各家出租马车行，凡是有一线希望能找到的地方都去了。

祸从天降，整整一天她都在魂不守舍地等消息。

晚上卢瓦泽尔进门回家，只见他脸庞凹了一圈，死灰般苍白，还是什么踪影也没有发现。

"你得给你朋友写信，"他说，"就说你把项链的搭扣弄坏了，正找人修。这样我们就有回旋的时间了。"

她照着丈夫说的意思写了信。

一星期以后他们彻底凉了心。

卢瓦泽尔一下老了5岁,他说:

"现在得想办法赔条项链才是。"

第二天他们拿上项链盒子,按照盒子里面印的店号找到了那家珠宝店,老板查完账簿后说:

"夫人,这项链不是本店卖的,想必我们只是给配了盒子。"

于是他们把所有的珠宝店挨个跑了一遍,凭记忆找一条能同原先那条完全一样的项链,两人又愁又急都要病倒了。

他们在王宫珠宝店看到一条钻石项链,觉得同他们要找的一模一样,标价四万法郎,店里答应三万六千卖给他们。

他们请珠宝商三天内暂先不卖,又同店里商妥,倘若2月底前他们找到原先的项链,新买的那条可以按三万四千法郎退货。

卢瓦泽尔手头有父亲留给他的一万八千法郎,其余的他得借了。

他果然债台高筑了,向这个人借一千法郎,向那个人借五百法郎,这儿借五个金路易,那儿借三个金路易,开了一张又一张的借条,立了一份又一份足以让人倾家荡产的字据,又是找高利贷,又是找各色各样的放债人。他清楚这一生的结局将会是怎么样,顾不得以后能不能偿还,只得豁出去在借条字据上签字画押,最后,他忧心如焚,不知道前程如何,只知道今后遭受的将是贫寒困苦,生活上不得不节衣缩食,精神上又将会受尽折磨。他去了珠宝店,把三万六千法郎放到柜台上,拿回了新的项链。

卢瓦泽尔夫人把项链送过去的时候,福雷斯捷夫人脸有愠色,她说:

"你本应该早点送来,我自己也会有需要戴的时候。"

福雷斯捷夫人没有打开盒子，这是她的朋友最担心的，万一她看出东西是替换的，她会怎么想？又会说些什么？会不会把朋友当成偷东西的人？

卢瓦泽尔夫人尝到了穷人生活的艰辛，不过她倒是咬紧牙关，决心逆来顺受，这笔惊人的债一定得还清，而且她终究会还清。女佣辞了，住的房子也换了，从此改租一间顶层的小阁楼住。

粗笨的家务活，肮脏的厨房活，她样样都是自己干。炊具餐具她自己刷，殷红粉嫩的手指尖碰在油腻腻的盘子碟子和锅底上都磨糙了，穿脏的内衣，衬衫以及抹布她自己洗，自己晾到绳子上去。每天早上她从楼上下来到街上倒垃圾，打水上去，上一层就得站下来喘口气。衣服穿得跟普通人家的女人一样，胳膊上挎着篮子去水果店，杂货店，肉铺，买东西她总要讨价还价，不顾人家嗤笑责骂，为了那几个可怜的钱，她一苏钱一苏钱地同人家争。

每个月总有几张借条得以偿还，有的只得续借，多少延一点时间。

丈夫也在拼命干，黄昏给一个商人誊清账目，夜间常常给人抄稿子，抄一页可以挣得 5 苏钱。

这种日子一过就是 10 年。

10 年后，他们终于还清了，所有的借款全都还清，包括高利贷的利息和利滚利加起来的新利息。

到这时候卢瓦泽尔夫人可显老了，她变得结实硬朗，而且倔强、粗犷，活脱是个穷苦人家的干活女人。她头发梳得马马虎虎，裙子穿得歪七扭八，双手红不棱登，说话大嗓门，刷地板用水大桶大桶地冲。有时她趁丈夫在办公室的工夫坐到窗口边上，回想昔日的那一晚上，回味让她如此漂亮、如此风光的舞会。

当初她倘若没有把项链丢失，那又会是什么结局呢？谁知道？谁知道呢？人生真是莫名其妙，变幻无常！一件微不足道的小事就能毁了你一生，也能把你从苦海救出来！

有个星期天她到香榭丽舍大街遛一圈，辛苦了一个星期，她想轻松一下，突然看见一个带着孩子出来玩的女人，原来是福雷斯捷夫人。她还是那样年轻，还是那样漂亮，还是那样迷人。

卢瓦泽尔夫人百感交集，要不要过去同她谈谈？去，当然要去。既然她已经把一切债务都还清，什么话都可以同人家说了，为什么不去说说呢？

她走了过去。

"你好，冉娜。"

人家没有把她认出来，听到一个平民家女人这样亲热地喊她，不禁愣住了，只是支支吾吾地说：

"可……太太……我不知道……您大概看错人了吧。"

"没有看错，我是玛蒂尔德·卢瓦泽尔。"

她的朋友一声惊叫。

"噢！可怜的玛蒂尔德，你可完全变样了！"

"是的，从我那次见你以后，我的日子可难熬了，吃尽了苦头……这事同你有关。"

"同我有关？怎么回事？"

"你还记得我去教育部参加晚会，向你借过一条项链吧？"

"没错，那又怎么呢？"

"呃，后来我把项链弄丢了。"

"什么！可你把项链还给我了。"

"我还给你的是一模一样的另外一条，我们用了整整 10 年把钱还清了。你知道，我们还这笔钱可不容易，家里手头本来就什么都没有……这事总算了结，我心里真是高兴。"

福雷斯捷夫人站了起来。

"你是说为了赔我的项链你又买了一条?"

"一点不错,你没有看出来吧!那两条做得确实像极了。"

她自傲而又天真地微微笑了起来。

福雷斯捷夫人深受感动,立即握住朋友的双手说:

"噢!可怜的玛蒂尔德!我的那条是假的,最多也就值500法郎……"

疯女人

——献给罗贝尔·德·博尼埃

呃，马蒂厄·德·昂多兰说，山鹬总让我想起战争时期的一件惨事。

您知道我在科迈耶镇有我的住宅，普鲁士人入侵时我正在那儿住。

当时我有个邻居，是个疯女人，她接二连三惨遭不幸，结果精神失常了。原来她在 25 岁那一年，短短一个月内失去了父亲、丈夫和刚出生不久的婴儿。

死神一旦去某家人家里光顾一次，就像是熟门熟路了，几乎总会立刻再找上门来。

可怜的少妇肠断魂销卧床不起，整整一个半月始终神志不清胡言乱语。大病之后她变得安安静静，一副萎靡懈怠的样子，终日躺着一动不动，勉强吃点东西，只是两只眼睛还在转动。每次让她起来，她就大喊大叫，仿佛要把她杀了似的。于是只好由她在床上躺着，只是在给她梳洗，或者翻动床垫的时候，才把她从床上拖起来。

一个上了年纪的女佣守着她，不时给她喂口水，吃点冻肉。这槁木死灰一般的心灵在想些什么？永远不会有人知道，因为她再也不开口说话。她在思念死去的亲人？她在柔肠百转做她的梦，而又浑浑噩噩想不起来？或者，她魂飞魄散，落寞的心已是一潭死水？

她就这样与世隔绝，不死不活拖了 15 年。

战事来临，12 月初普鲁士人开进科迈耶镇。

这事我想起来就好像昨天刚发生似的。那正是冷得天寒地坼的时候，我痛风病发作，躺在椅子上动弹不得，清楚听见他们沉重而有节奏的脚步声，看见他们从我家窗口走过。

他们列队过去，一排又一排地没完没了，行进的姿势全都一个模样，都是他们特有的那种木偶一般的动作。接着长官们把他们的部下分配到各户人家去住。分到我家的有 17 人，我的邻居，那疯女人家分到了 12 人，其中一个是少校，是个十足的兵痞，性情野蛮，行为狂暴。

头几天平安无事，因为已经对那隔壁的军官打了招呼，说那太太是病人，他也没有怎么在意。可过不了多久，那女人总不露面，他就火了。他问是什么病，人家回答他说，房东太太因为悲伤过度，卧床不起已经有 15 年了。对这话他肯定不相信，猜想那可怜的疯女人之所以不起床是出于傲慢，不愿意见他们普鲁士人，不想同他们说话，也不想理他们。

他命令那女人见他，于是只好让他进了疯女人的房间。他用发音不准的法语粗暴地说：

"夫人，请您立即起来，下楼同大家见面。"

疯女人朝他转过迷茫无神的双眼，一句话也不说。

他接着又说：

"我容不得如此放肆，您要是不愿意起来，我会找到好办法，让您一个人到外面遛遛。"

她不理不睬，总是木然不动，好像根本没有看见他似的。

他赫然而怒，把这哑然无声，一片宁静当成了极端蔑视的一种表示，于是他说：

"明天您要是不下楼……"

接着他就走了。

老保姆慌了神，第二天想给这疯女人穿衣服，但是疯女人大叫大喊乱动一气，那军官立刻上了楼，女佣扑的一下跪在地上，一边喊道：

"她不肯，先生，她不肯！饶了她吧，她实在太不幸了。"

那军人骑虎难下，虽然怒气冲天，却不敢下令让手下的士兵硬把疯女人从床上拽起来。但是他突然一阵大笑，用德语下了一道什么命令。

不一会儿便看到一队士兵像抬伤兵似的抬着床垫出来。这床一点儿都没有弄乱，疯女人安安静静地躺着，出什么事她都不在乎，只要让她躺着就行。跟在后面的一名士兵手里提了一包女人的衣服。

军官一边搓手，一边说：

"我们倒要看看您会不会自己一个人穿衣服，到外面遛遛。"

接着只看到这队人马朝伊莫维尔森林那个方向走了。

两小时后只见士兵回来了。

大家再也没有见到那疯女人。普鲁士人是怎么处置她的？他们把她抬到什么地方？谁都不知道。

这时节白天黑夜地下雪，原野和树林都像盖上一层白茫茫、软绵绵的冰冷裹尸布。饿狼都跑到我们家门口嗥嗥乱叫。

疯女人的影子总在我脑际萦绕，我多次向普鲁士当局交涉打听消息，结果自己都差一点被枪毙。

春回大地，占领军远远撤走了。我家旁边的房子总是大门紧闭，院子小径上长满了密匝匝的杂草。

老保姆当年冬天就去世了，谁也不为这段怪事操心，唯独我一人心里总惦着。

普鲁士人究竟是怎么处置疯女人的？她会不会穿过树林逃走了？会不会在什么地方人家把她收留下来，送进医院，但从她嘴里总打听不出情况来？想什么我心里总踏实不下来，最后时光渐渐平息了我心中的忧虑。

到了第二年秋天，山鹬纷纷飞来，我的痛风病稍微好了一点，于是拖着双腿来到森林。我一连打下了四五只这种长喙鸟，接着又打中一只，可掉进一个堆满了树枝的深坑不见了，我只得下到坑里去找。我在一个死人骷髅旁边找到了这鸟，顿时仿佛当胸挨了一拳似的，疯女人的往事一下涌上心头。在这阴森可怖的年头，许多人或许就在这深坑丧命，但不知道为什么我就断定，真的，我对您直说了吧，我断定见到的就是那可怜疯女人的头颅。

瞬间我恍然大悟，一切都明白了。普鲁士人把她连床垫扔到这冷峭荒林，而她只是一个心眼儿，想不到动一下胳膊动一下腿，听任自己埋在厚厚的轻若羽毛的积雪下活活被冻死。

后来狼把她吞食。

鸟飞来从她那张撕破的床垫里啄出羊毛筑窝。

我心中总记着这凄惨的骸骨，一心祈望我们的后代永远别再看到战争。

皮埃罗

——献给亨利·鲁宗

　　勒菲弗太太是一位乡下有钱人，是个寡妇，像她这种女人，既是乡下人又不是乡下人，衣服要镶缎带，帽子要有荷叶边的，说话常犯连音错误，当着人面爱摆大架子，外表打扮得花里胡哨滑稽可笑，内中隐藏的灵魂却粗陋而又自命不凡，简直就同她们用生丝手套遮盖她们那双又粗又红的大手一样。

　　她有一个女用人，是个心地纯正头脑简单的乡下女人，名字叫罗丝。

　　主仆两人住一幢小楼，百叶窗漆成一色绿，屋前是一条大路，正好在诺曼底的科区中心地带。

　　屋前还有一小块细长的园地，她们就种点蔬菜。

　　一天夜里有人偷了十来棵葱头。

　　罗丝一发现这桩芝麻绿豆大的偷窃案，立即跑去告诉太太，太太穿着呢子裙就下楼来到园地。这样的事对她来说实在太可气太可怕了，竟然偷勒菲弗太太的东西！这么说当地闹贼了，而且贼还会再来偷。

　　主仆两人全都惊恐万分，仔细把脚印查了一遍，嘴里不停叨叨，这样那样地推测了起来：“看，他们是从那儿过来的，他们先踩上墙头，然后一蹦跳进花坛。”

想到以后的日子，她们心里慌了起来，现在夜里怎么还能放心睡觉？

失窃的消息四下传开了。几家邻居全都过来看了一遍，也都议论了一番，每来一个人，主仆两人就把她们看到的和想到的说一次。

住在附近的一个庄园主给她们出主意说："你们应该养一条狗。"

这话说得对，她们是该养条狗，哪怕只是有事叫几声也好。大狗养不得，上帝呀！她们要大狗有什么用？光是喂狗食就会把她们拖穷，要养就养条小狗（诺曼底人把狗叫 quin①），养条能尖声叫几下的小 quin 就可以了。

等大家都走了以后，勒菲弗太太为这养狗的事琢磨了好半天，她反复考虑，总觉得千百个不妥，想想那盛得满满的狗食盆，她心里就直发怵。她是那种过日子精打细算的有钱乡下女人，口袋里总揣着几个小钱，路见穷人便当着众人煞有介事地施舍几个子儿，或者星期天做礼拜的时候捐几个钱。

罗丝喜欢猫狗这些小动物，说了好多养狗的理由，而且巧妙地为她的理由辩护。这样勒菲弗太太终于决定养狗，养一条一丁点儿大的。

于是开始找狗，可是找到的尽是大个儿的，都是吃起肉汤来能把人吓得直哆嗦的大家伙。罗勒维尔镇杂货店老板倒是有条很好的狗，个儿不大，可她愣要付给他两法郎，说是补偿他养狗的费用。勒菲弗太太声明说她是想养条 quin，但她无意花钱买来养。

后来面包铺老板知道这事，一天早上驾着他那辆马车送来一只又小又怪的家伙，一身黄颜色，脚短得几乎没有似的，鳄鱼身

---

① 标准法语为 chien。

子，狐狸脑袋，尾巴总翘着，活像帽子上的翎饰，同身子一样长短。这条小狗很龌龊，一个子儿也不值，面包铺的一个主顾不想要了。勒菲弗太太却觉得这狗很漂亮，罗丝把狗抱起来亲了亲，接着问这狗叫什么名字。面包铺老板回答说："叫皮埃罗。"

于是罗丝把这狗放进一只肥皂箱子，先给它水喝，它喝了，接着给它一块面包，它吃了。勒菲弗太太犯了愁，不过她想到了一个主意："等它在屋子里待熟了，就可以放它到外面去，它在附近转转就能找到吃的了。"

果然后来放它到外面去了，可它仍然免不了挨饿。它也只在讨东西吃的时候，才汪汪叫两下，也只是在这时候它才使劲叫。

园地还是谁都可以进来，来一个新人皮埃罗就上去亲热一番，然而绝对不会叫起来。

勒菲弗太太自己对这狗倒是慢慢习惯了。她甚至喜欢这狗了，有时候还省几口面包下来，放到烩肉的汤里蘸一下，然后亲手扔给狗吃。

可是她怎么也没有想到养狗还要纳税。为这条叫都叫不响的小 quin 竟然向她收取 8 法郎，一听到："8 法郎，夫人！"她顿时惊得差一点晕过去。

于是她当机立断，觉得应该把皮埃罗弄走。可是没人肯要，方圆十里的住户家家都回绝了，又没有别的办法，只好狠心让这狗"啃地皮"了。

所谓"啃地皮"，就是"吃泥灰岩土"。养了狗又不想要了，就会让这狗去"啃地皮"。

在一大片空旷的平地中央可以看到一种像窝棚一样的东西，或者更确切地说，有一个小小的茅草顶直接盖在地上。这是泥灰岩矿的进口，一条垂直的大矿井直通地下 20 米深，下面就是四通八达的坑道。

每年到向地里撒泥灰土的季节，才会有人下到这泥灰岩矿的坑道里去，剩下的日子这儿就成了埋葬丧家狗的地方。从这洞口走过的时候，常常可以听到里面发出狗叫声，或者哀哀惨然，或者狂吠怒号，或者累累绝望，凄恻悲怆的喊叫声不绝于耳。

猎犬或者牧羊犬看到这哀声不绝的洞口，全都惊恐万分，立即远远躲开。人要俯身朝洞底看，就会有一股腐烂的臭气直冲鼻子扑来。

多少惨不忍睹的事情就发生在这幽幽黑洞里。

狗掉到坑底，在里面奄奄一息拖上十天半个月，在它之前先掉进去的狗已经死去腐烂，成了它的食物，然而又有狗掉进坑底，比它粗壮，力气也肯定比它大。这时坑底下有两条狗，全都是饥肠辘辘，眼睛发光。它们互相窥视、尾随，都在徘徊而又迫不及待。终于为饥饿所迫，它们厮打了起来，打了很久，真是你死我活，最后强的把弱的活生生地吞食了。

让皮埃罗"啃地皮"的主意一经定下，马上开始物色谁来把狗扔下去。负责除草的养路工答应跑一趟，但是要给他10苏钱。勒菲弗太太觉得这太过分了。住附近的一个学徒工说给他5苏钱就可以了，但勒菲弗太太还是嫌贵。罗丝倒是说过，不如她们自己把狗送到那儿去，这样狗在路上不至于受到虐待，而且也不会知道它竟落得这样一个下场。于是，最后决定等天黑以后她们两人一块儿去。

这天晚上她们给狗美美地吃了一顿肉汤，里面还加了一点黄油。狗把肉汤吃得精光，连一滴汤水都不剩，趁狗正高高兴兴摇尾巴的时候，罗丝把它捉住，然后放进围裙兜了起来。

她们穿过这一大片空旷地的时候，步子迈得很大，活像是去人家地里偷庄稼。没有走多长时间她们就看到那泥灰岩矿，到了那里，勒菲弗太太先俯身听听底下是不是已经有狗在哼哼。没有，什么声音都没有，皮埃罗下去就它这一条狗。这时罗丝眼泪汪汪，抱起狗亲了一下，然后朝坑底下扔，两人又一起弯下身，竖起耳朵听。

一开始她们听见"扑"地响起沉闷的一声，接着便是尖尖的哀叫声，就同受伤的野兽发出凄厉的叫声一模一样，随后是一声声痛苦的喊叫，随后是绝望的呼叫，最后是哀求的叫声了，准是这狗在那儿仰头冲着坑道口，一声又一声地苦苦哀求。

狗在叫，噢！它在汪汪乱叫！

主仆两人又后悔，又惊骇，心中说不出是什么滋味，只觉得亡魂丧胆一般。她们撒腿就跑，罗丝跑得快，勒菲弗太太在后面直喊："等等我，罗丝，等等我！"

这一夜她们尽在做阴森恐怖的噩梦。

勒菲弗太太梦见她坐下准备吃饭，可她揭开汤罐盖，看到汤罐里盛的是皮埃罗，这狗噌的一下蹿了上来咬她鼻子。

她惊醒了，恍惚还听见那狗在汪汪直叫。她仔细听了听，原来是她糊涂弄错了。

她接着又睡，发现自己正在一条大路上走，这路长得没有尽头，她一直走个不停。忽然她看见路中间有一只箩筐，是庄稼人背的那种大箩筐，扔在路上没人要了。一看见这箩筐，她顿时心胆俱裂。

可她还是去把箩筐打开，皮埃罗正蜷在里面，它一下拽住她的手再也不肯松开，她吓得赶紧逃走，狗却夹紧尾巴一直吊在她胳膊上。

天刚蒙蒙亮她就起来，几乎成了疯子，拔腿就朝泥灰岩矿跑去。

狗在叫，还在汪汪直叫，叫了整整一夜。勒菲弗太太呜咽了起来，用千百种温顺亲热的称呼喊这狗，而这狗，则扯着狗嗓门，叫出了一切缠绵悱恻的叫声。

她真想再看一眼这狗，心想一定要让这狗到死都得过上舒服日子。

她匆匆赶去找负责开采泥灰岩的掘井工人，把她这事对他说了一遍，那人一声不吭只是听，等她讲完了这才说："您想要您的 quin？这得要 4 法郎。"

她一下跳了起来，什么痛苦都飞到了九霄云外。

"4 法郎！您不怕撑死？4 法郎！"

那人回答说："您想想吧，我得带上我的那些绳子、摇把到那儿架起来，带上我孩子一块下去，还说不定让您那只可恶的 quin 咬一口，这不都为您一时高兴，把那狗弄上来吗？当初就不该把它扔下去。"

她气呼呼地走了——居然开口要 4 法郎！

一回到家她就喊罗丝，把掘井工人开的价对她说了说，罗丝一向百依百顺，听完就说："4 法郎！这可是一笔大钱，夫人。"

接着她又说："要不要给这可怜的 quin 扔点吃的？这样它就不至于饿死了。"

勒菲弗太太一听很高兴，欣然同意了。主仆两人于是拿了一大块抹了黄油的面包，立即过去。

她们把面包切成小块，一块接一块往下扔，两人还轮流对皮埃罗说话。狗吃完一块，马上汪汪叫起来，接着再吃。

傍晚她们又来喂，第二天还来喂，天天都来喂，不过后来一天只来一趟。

可是一天早上刚扔进一小块面包，她们便听到坑道底下响起激烈的狗叫声，原来里面已经是两条狗了！有人也往里面扔了一条狗，而且是条大狗！

罗丝喊了一声："皮埃罗！"皮埃罗汪汪叫起来，叫了一声又一声。于是她们接着扔东西，但是每一次她们都清清楚楚听见底下一阵混战，另外那条狗比皮埃罗粗壮，皮埃罗被咬得嗷嗷哀叫，扔进去的东西都被那条大狗吃了。

她们倒是说得很明白："这是给你的，皮埃罗！"可说也白说，这都是明摆着的，皮埃罗什么也没有吃到。

主仆两人不知所措，相互看了一眼。勒菲弗太太尖酸刻薄地说："我总不能把人家扔进去的狗全都喂起来，只好不管了。"

一想到坑底下的狗都得靠她来养活，她顿时心头火起，扭头就走了，没有扔完的面包她也拿走，一边走一边接着吃。

罗丝在后面跟着，不时用蓝围裙角擦眼睛。

在田野上

——献给奥克塔夫·米拉博

　　两间茅草屋并排挨一起，都在小丘脚下，过去不远是一座有海滨浴场的小城镇。这儿的地十分贫瘠，两个庄稼人辛苦耕作才勉强养活自家几个孩子。每一家都有四个孩子，两家门紧挨着，一天到晚只听得孩子们在门前吵吵闹闹。两个最大的都是 6 岁，两个最小的也都差不多只有一岁半的样子，两家结婚和生孩子的时间都差不多。

　　两个做母亲的勉强能从这堆孩子中分出谁是自己家的，而那两个做父亲的就稀里糊涂完全分不清了。八个名字在他们脑袋里来回瞎窜，总是混在一起，喊某个孩子的时候，这两个男人都得连喊三个名字才能喊对。

　　从罗勒波尔海滨浴场过来，两间屋子中头前那家姓蒂瓦什的，有三个女孩和一个男孩，另外一家姓瓦兰，有一个女孩和三个男孩。

　　两家人都靠菜汤、土豆、空气勉勉强强过日子。早上 7 点钟，中午 12 点钟，然后晚上 6 点钟，两家主妇把自家孩子拢在一起，给他们喂吃的，那样子就像放鹅人把鹅赶到一起似的。孩子们按年龄大小一个挨一个并排坐下，前面摆一张大木桌，桌子已经用了 50 年，磨得又光又亮，最小的那个男孩嘴刚够着桌面。他们面前放了一只汤盆，里边满满盛了土豆，半棵白菜，三个葱头熬的菜汤和泡面包，这一长排孩子一个个都能灌个饱，最小的由妈妈喂着吃。星期天菜汤里多少有点肉腥，这对大家来说简直就是过节了，每逢这一天做父亲的在饭桌上磨磨蹭蹭舍不得走开，嘴里还叨叨说道："天天这样我就舒服了。"

8月的一天下午，两家茅草屋前突然来了一辆轻便马车，驾车的是一位少妇，她对坐在身边的先生说：

"噢！你看，亨利，好一堆孩子！他们在尘土中这么打闹着玩真是好看极了！"

那先生没有答话，他对这种赞美早已听腻了，对他而言这简直就是痛苦，甚至可以说是责备。

少妇接着说：

"我得去亲亲他们！噢！我真想也有那么一个，就像这孩子，那小不点儿。"

少妇从马车上跳下，一下跑到孩子堆中，从两个最小的中间抓住一个——蒂瓦什家的那一个，双手抱住举了起来，兴冲冲地亲那肮脏的脸蛋和沾满泥土的金黄色鬈发，接着又亲孩子的小手，可孩子直挥动小手想躲开让他难受的亲吻。

然后她重新登上马车，驾车一溜烟走了。可是过了一个星期她又来了，她坐在地上，把那小不点儿抱在怀里，塞蛋糕给他吃，又给别的孩子吃糖果，像小女孩似的同他们一起玩，而她丈夫则在那辆轻便马车上耐心地等着。

后来她又来了，也同孩子的父母认识了，以后每天都来，口袋里总是鼓鼓囊囊装满了糖果和零钱。

她是亨利·德·于比埃夫人。

一天上午他们来了以后，丈夫同她一起走下马车。孩子们对她已经很熟了，可她没有去找他们，而是一头钻进这家庄稼人屋子里。

那两口子都在家，正在劈木柴准备做晚饭。他们大吃一惊赶快站起身，给来人搬椅子，然后站一旁等着。这时少妇开口说了起来，话说得断断续续，声音也在颤抖：

"你们都是正直人，我来找你们是想……想领走你们的……你们的小儿子……"

两个乡下人一听慌了手脚，也没了主意，默默待着不吱声。

少妇喘过气来接着说：

"我们没有孩子，我和丈夫两人都很冷清……我们想把他留在身边……你们看行吗？"

乡下女人开始明白过来，于是问道：

"你们想领走我们的夏洛？啊！不行，绝对不答应。"

这时于比埃先生赶紧插进来说：

"我妻子没有把意思说清楚，我们是想收养这孩子，不过他以后还能回来看你们。从各方面看他应该是个有出息的孩子，如果真有出息，那他将来就继承我们的遗产。以后万一我们有了自己的孩子，那他跟这些孩子平分遗产。如果他辜负我们的一片心意，等他长大成年我们会给他 2 万法郎，这笔钱可以立即用他的名义交公证人保管。我们也想到你们两人，打算给你们一笔终身年金，每月付给你们 100 法郎。你们听明白了没有？"

农妇心头火起，一下站了起来：

"你们是要我把夏洛卖给你们？啊！办不到！怎么能向做妈的讲这种事？原来是这么回事！啊！办不到！太可恶了！"

她男人一句话都不说，绷紧脸思忖起来，但又连连点头同意妻子说的意思。

于比埃太太茫然失措，哭了起来，朝丈夫转过身去，一边呜咽，一边像百依百顺惯了的孩子嘟囔着说：

"他们不肯，亨利，他们不肯！"

这夫妇俩最后还想试一试：

"不过，两位还是想想孩子的前途，今后的幸福，以及……"

乡下女人气炸了，一下把他们的话打断：

"看也看了，听也听了，想也想了……你们走吧，我再也不想在我家见到你们！能这样胡思乱想把人家孩子抱走吗？"

于比埃太太只得离开，出来的时候突然想到小不点儿一共有两个，于是活像宠坏了的女人，想要什么都刻不容缓，噙着眼泪固执地说：

"还有一个小男孩不是你们家的吧？"

蒂瓦什回答说：

"不是，是旁边那家的，你们真想要，可以去问问。"

蒂瓦什回到自己屋子，只听得妻子在屋里气得嗷嗷直吼。

瓦兰夫妇俩正在吃饭，两人合用一只黄油盘子，用餐刀尖挑一丁点黄油细细抹到面包片上，吃得细嚼慢咽，不慌不忙。

于比埃先生把他的想法又从头说了一遍，但是说得比刚才婉转，而且字斟句酌，拐弯抹角。

那两个乡下人只是摇头不答应，可是他们听说每个月可以拿到100法郎，立即互相看了一眼，彼此使眼色问怎么办，他们都被说动了心。

好一阵子他们都不说话，心中犹豫不决十分痛苦，女人终于问道：

"你说呢，当家人？"

他像训人似的说："我说这没有什么见不得人的。"

于比埃太太急得直哆嗦，一听这话马上对他们讲孩子前途会怎么样，他会如何如何幸福，将来会给他们带来多少多少钱。

庄稼人问：

"这 1200 法郎的年金，你们能当着公证人立字据吗?"

于比埃先生回答说：

"那当然，明天就开始算起。"

乡下女人想了想接着说：

"每月 100 法郎，就这么把我们孩子抱走，这钱给得不够，过几年孩子就能干活了，得给我们 120 法郎。"

于比埃太太急得直跺脚，二话不说就答应了。她想立刻把孩子抱走，在她丈夫立字据的时候，又给了 100 法郎算是送礼。当下把村长和一位邻居请来，他们也高高兴兴地当了一回证人。

少妇眉飞色舞，好像从商店买到一件爱不释手的小玩意儿似的，抱着哇哇乱叫的孩子走了。

蒂瓦什两口子站在屋门前，绷着脸一声不吭地看着小孩被抱走，说不定他们心里正在后悔没有答应人家。

后来再也没有听到人家说起小让·瓦兰，他父母每个月都去公证人那儿取那 120 法郎。他们同邻居闹翻了，因为蒂瓦什家女的把他们骂了个狗血喷头，说他们无耻，还挨家挨户地对人家絮叨说只有丧尽天良的人才会做得出卖亲生儿子的事来，这种事可憎可恶，卑鄙龌龊，真是财迷心窍。

有的时候她抱起她的夏洛，故意冲他大声嚷嚷，仿佛他能听懂似的：

"我可没有把你卖了，我可没有把你卖了，我的儿子！我这个人才不卖亲生孩子，我不富有，但我不卖亲生孩子。"

好几年过去了，又过了好几年，她家门口天天响起这些指桑骂槐的叫骂声，一直传到旁边那家屋子里。蒂瓦什家女的骂到最后竟然觉得自己在当地最高尚，因为她没有把夏洛卖掉，人家谈起她时也都说：

"我知道这很诱人，也公平，她的做法确实是个好母亲。"

当地都拿她做榜样，夏洛也长到了 18 岁，他从小就听人没完没了地说这事，也就认为自己比别的孩子高一等，因为家里没有把他卖掉。

瓦兰一家有那笔年金，日子过得很舒坦，正因为这个缘故，蒂瓦什一家的火气始终平息不下来，因为他们过的日子总是太苦了。

他们家的大儿子服兵役去了，第二个儿子死了，只是夏洛一人同老父亲一起辛勤劳动，养活母亲和两个妹妹①。

在他 21 岁那一年，一天上午突然来了一辆光彩夺目的马车，驶到两家茅草屋前停了下来。车上走下一位年轻的先生，身上挂了一条金表链，手上搀着一位白发苍苍的老太太。老太太对他说：

"到了，孩子，就是那第二间屋子。"

他好像回自己家似的进了瓦兰家的小破屋。

老妈妈正在洗围裙，老头子已经腿脚不灵了，正靠着壁炉打瞌睡。老两口抬起头来，年轻人赶紧说：

"你好，爸爸！你好，妈妈！"

他们都惊傻了，立即站了起来，农妇惊得连手中拿着的肥皂都掉进水里，嘴里喃喃说道：

"是你，我的孩子？是你，我的孩子？"

年轻人一把抱住她搂在怀里，一边接着说："你好，妈妈！"老头颤颤巍巍，不过说话还始终那样镇静，他说："你回家来啦，让？"听这话好像一个月前他还见过年轻人似的。

一家人相认以后，父母立刻想带儿子出去见见当地人，于是他们领他见了村长，见了村长助理，见了神甫，见了小学老师。

---

① 这里疑似有误，与前面说的蒂瓦什家有三个女儿、一个儿子不符。

夏洛站在他家茅草屋的门槛前，目不转睛地看着他走过去。

晚上吃饭的时候，他对两个老人说：

"你们真是傻，怎么让人家领走瓦兰家的孩子！"

母亲顿时大怒，回答说：

"我不想把亲生孩子卖了！"

父亲一声不吭。

儿子接着说：

"不幸呀，竟然当了这样的牺牲品！"

老蒂瓦什动了肝火，说：

"你想埋怨我们不该把你留下？"

年轻人直眉瞪眼了：

"没错，我是埋怨你们，你们都是笨蛋，有你们这样当父母的，孩子倒霉透了。我要是离开你们，你们也是自作自受。"

老妇人的泪水直往盘子里掉，她哭着一勺一勺地喝菜汤，汤勺还没有送到嘴边，里边的汤就已经洒了一半。

"累死累活把孩子拉扯大容易吗？"

小伙子却恶狠狠地说：

"像现在这样，我看还是不生我的好。刚才我看那人的时候，我都气炸了。我对自己说：'我本应该是这样的！'"

他站了起来。

"好吧，我看我最好别在这儿待着了，因为我会一天到晚埋怨你们，我会害得你们过不上太平日子。这事，你们自己想吧，我是永远不会原谅你们的！"

两位老人惊得瞠目结舌，什么话也说不出来，只是刷刷地流泪。

小伙子接着又说：

"不，这样想也太毒了。我看最好还是到别处去找生计！"

他打开屋门，传来一阵欢笑声，瓦兰一家为孩子回家正高高兴兴地大吃大喝。

夏洛气得一跺脚，转过身来冲父母大声嚷：

"乡巴佬，唉!"

他钻进黑夜消失不见了。

瓦尔特·施那夫斯的奇遇

——献给罗贝尔·潘雄

　　瓦尔特·施那夫斯随军入侵法国以来，总觉得自己是世界上最倒霉的人。他身体肥胖，走路吃力，呼哧呼哧地直喘气，一双肥肥大大的平脚疼得他受不了。另外，他生性平和心肠好，根本不是那种耀武扬威，嗜血成性的人。他有四个孩子，一个个都让他疼爱，妻子很年轻，一头金发，令他每天晚上都在伤心地眷念她那柔情蜜意、温存体贴的热吻。他喜欢早睡晚起，慢悠悠地品尝精美好吃的东西，也喜欢到啤酒店喝几杯。而且他认为人一死，人生中一切美妙也就随之而去，所以他既出于本性，也出于理智，对大炮、步枪、手枪、军刀从心底深恶痛绝，觉得自己没有本事来敏捷麻利地摆弄这兵器保护他的胖肚子。

　　每当夜晚降临，他裹着大衣躺在地上睡觉的时候，身旁的那些弟兄都在呼呼地打呼噜，他却久久地思念留在那边没人管的妻子儿女，想他这一路上准是凶多吉少。万一他被打死，孩子们怎么办？而且就是现在，尽管他走的时候借债给他们留了一些钱，他们也不富裕。好几次瓦尔特·施那夫斯想得都伤心地哭了。

　　每次战斗一打响，他就觉得两条腿软绵绵，要不是怕整个队伍都会从他身上踩过去，他准是躺倒在地上了。子弹嗖嗖地飞，吓得他根根汗毛都倒竖了起来。

他在惊吓和忧虑中熬了好几个月。

他所在的军团朝诺曼底挺进，一天他被派去同一支小分队执行侦察任务，其实只是到当地搜索转一圈，然后就撤退回队。田野一片寂然寥落的景象，看不出有任何准备抵抗的样子。

于是普鲁士军从容不迫地开进一条布满沟壑的小山谷，突然一阵猛烈的射击迫使他们骤然停下，当时就有20多个人被撂倒。从巴掌大的一座小树林冲出一支游击队，步枪都上了刺刀，呼呼啦啦地朝前扑过来。

瓦尔特·施那夫斯先是愣着一动不动，他吓得六神无主，都没有想起逃跑。只是过了一阵他才想起赶快跑，但他又想那些干瘦的法国人像一群山羊似的连蹦带跳冲过来，相比之下，他自己跑得却像乌龟一样慢。这时，他发现在他前面六步远的地方有一条宽阔的土沟，里面长满荆棘，叶子都已经枯黄，他两脚一并，不管这沟深不深，就像从桥上跳河一样，扑通跳了下去。

他像箭一样飞快穿过厚厚一层藤萝和带尖刺的荆条，脸和手都被刮破，人重重地一屁股坐到全是石头块的沟底。

他抬起眼向上看，从他捅出的窟窿看到天空。这窟窿可能会把他暴露，于是他小心翼翼地手脚并用，贴着浅浅的沟底，钻在密密匝匝缠在一起的枝条底下拼命赶快爬，远远躲开这交火的地方。爬了一阵他不爬了，重新坐了起来，像野兔一样，缩着身子躲在枯黄的深草丛里一动不动。

一段时间里他还听到子弹声、吼叫声和哭天抹泪的号叫声，接着乱哄哄的打仗声渐渐小下来，最后完全停止了，四周又是悄然无声，一片岑寂。

突然有什么东西在他背后颤动，他吓得直跳，魂飞魄散。原来是一只小鸟落在一根树枝上，枯叶跟着抖动了一下。差不多有整整一个钟头的工夫，瓦尔特·施那夫斯的心一直在怦怦乱跳。

夜晚渐渐降临，整条土沟慢慢被黑暗笼罩，这大兵不由得思量起来。他该怎么办？他会落到什么地步？回去找他的队伍？可又怎么找呢？上哪儿去找呢？战争开始以来他过的这种担惊受怕、疲惫痛苦的恐怖日子难道还得从头再来一遍！不！他再也没有这份勇气了！他再也没有这种魄力去行军、去对付每分每秒都会冒出来的危险。

　　这可怎么办呢？他总不能老在土沟里待着，一直躲到仗打完。不行，绝对不行。如果他不用吃不用喝，这么下去倒也不算太可怕，可是得吃饭，而且每天都得吃。

　　此时此刻他孤独一人，带有武器，一身军装，待的地方是敌人的地盘，自己的人离得很远，不可能来保护他，他不禁全身上下颤颤发抖。

　　突然他想："我只要当成俘虏就好了。"这时他的心簌簌发颤，急切地、控制不住地想当法国人的俘虏。对，当俘虏！他就得救了，有吃有住，子弹打不着，军刀砍不着，没有什么好害怕的了，好端端地在有人看着的监狱中待着。当俘虏！这梦多美呀！

　　他当下拿定主意：

　　"我送上门去当俘虏。"

　　他站起身，决定立刻实施他的计划，一分钟都不能耽搁。但他却待着木然不动，蓦地产生了种种熬心的想法和新的恐惧。

　　他上哪儿去当俘虏？怎么送上门？朝哪个方向走？一幅又一幅可怖的景象、死亡的景象一齐涌上他的心头。

　　他头戴尖顶钢盔，一个人在田野上瞎转悠，一定会遇上种种可怕的危险。

　　万一他碰上农民呢？这些农民一见这么一个掉队的普鲁士大兵，一个无力自卫的普鲁士人，马上就会像宰条野狗似的把他弄死。他们会用长柄叉戳，十字镐砸，镰刀砍，铁铲拍，野蛮地把他收拾了！他们是战败者，会怀着绝望的怒火把他剁得体无完肤，只剩一团肉泥。

万一他碰上游击队呢？这些打游击的人都是目无法纪的疯子，会开枪打他戏耍一番，足足玩上一个钟头，看着他的那副嘴脸哈哈笑个不停。他都觉得自己已经背贴在什么墙上，12支步枪的枪筒一齐冲着他，又小又黑的枪口圆窟窿正瞄着他。

要是遇上法国正规军呢？先头部队会把他当成侦察兵，当成什么机智勇敢单枪匹马出来侦察的士兵，他们就会朝他开枪。他恍惚已经听到埋伏在丛林中的士兵射来的一阵乱枪声，而他则站在农田中间，只觉得一粒粒子弹打到肉里，身上像漏勺一样打满了窟窿，人慢慢倒了下来。

他绝望地又坐了下来，觉得自己落到这番境地已是没有任何出路了。

夜幕已经完全降临，真是夜阑人静，漆黑一团。他不敢动弹，黑暗中有点什么轻微的、不知是什么的声响，他就直打寒战。一只兔子用屁股啪啪地敲打窝边的土，把瓦尔特·施那夫斯吓得差一点拔腿逃跑。猫头鹰的咕咕叫声把他的心都撕裂，转瞬间他吓得毛骨悚然，身上发疼，好像上上下下全都是伤口。

他像进了地狱似的心中七上八下，好不容易熬过这没完没了的时辰，透过头上树枝做成的顶棚看到天渐渐发亮。这时他感到无限轻松，四肢立刻松弛舒坦，心也踏实了，两眼合上睡着了。

等他一觉醒来，太阳似乎已经快到天顶，大概已到中午的时候了。田野死气沉沉一片岑寂，听不到一丁点声响，瓦尔特·施那夫斯只觉得饥肠辘辘饿得慌。

他伸腰打哈欠，想起香肠，士兵吃的那种美味可口的香肠，不禁淌出口水，胃也疼得直难受。

他站起来走了几步，只觉得腿发软，于是又坐下想了起来。想了整整两三个钟头，一会儿觉得行，一会儿觉得不行，主意时刻来回变，正着想有道理，反着想也有道理，左右摇摆不定，缠得他可怜巴巴地垂头丧气。

最后他终于觉得有个主意合理可行。先在一边守候，看村里有什么人出来，只要是单独一个人，不带武器，就算有工具也不会造成什么危险，于是他就跑去找那人，向人家说明他是过来投降的，然后听凭人家发落。

于是他摘掉钢盔，怕上面的尖顶把他暴露，接着战战兢兢地把脑袋探到沟边上。

四下望去不见什么孤零零的人影，只是在左边看到一条大路旁的树林后面有一座大城堡，边上还有耸起的角塔。

他烦乱苦恼，一直熬到傍晚。除了飞来飞去的乌鸦以外，他什么也没有看见；除了肚子饿得不时响起低沉的咕咕叫声以外，他什么也没有听见。

又是一个夜晚在他头上降临。

他展开身子在沟底躺下，浑浑噩噩，接连不断做噩梦，同所有挨饿的人一样，这一夜他睡得很不踏实。

头顶上的天空又一次放亮，他重新望起来。但是田野同昨天一样还是冷清清不见人影，瓦尔特·施那夫斯心头涌出新的恐惧，他怕饿死！他恍惚看到自己在沟底直挺挺地躺着，背贴着地，两眼紧闭。接着，那些野兽，什么样的小动物都有，全都朝他的尸体爬过来吃他，从四面八方一齐咬，钻到他衣服下面啃他身上已经发冷的皮肉，一只大乌鸦伸出细长尖喙啄他的两只眼珠子。

他顿时疯了，只觉得自己马上就要虚脱过去，连走路的力气都没有了。他一横心，决定豁出去什么都不顾了，正想要冲进村子，蓦地看到三个农民扛着长柄叉朝地里走来，他赶紧缩身藏进沟底。

一等到旷野上暮色昏沉，他就慢慢地爬出土沟，弓着腰，心怦怦直跳，战战兢兢地上了路，朝远处的城堡走去。他觉得去城堡比去村子好，村子对他来说简直就是老虎窟，太危险了。

城堡底下一层的窗户全都透着亮光，有一扇还敞开着。楼里飘出一股香喷喷的熟肉味，朝瓦尔特·施那夫斯扑鼻而来，直往他肚子里钻，害得他全身抽搐，扑哧扑哧直喘气，他想抵挡也抵挡不住，顿时胆大包天，什么都不顾了。

他想都来不及想，头顶钢盔，猛的一下站到窗口前。

八个仆人正围着一张大桌子吃晚饭，女仆人突然张大嘴呆住不动，手里的酒杯砰的一声落地，两眼直勾勾地朝前看。屋里的人全都顺着她的眼光看去。

众人一看，原来是敌人！

天哪！普鲁士人攻打城堡了！

只听得一声叫喊，有尖有粗的八个喊声不约而同一齐发出，顿时合成一个声音大喊，让人心惊肉跳，寒毛直竖。接着屋里的人乱糟糟地站了起来，挤着拥着拼命朝里边的门口跑。椅子被撞翻，男人把女人撞倒，从身上踩着就过去了。顷刻，屋子空荡荡不见一人，桌子上摆满了吃的东西，还在对面窗口前站着的瓦尔特·施那夫斯不禁目瞪口呆惊骇万分。

他稍稍迟疑了一下，抬腿跨过窗口，朝那些碟子盘子走去。他早已饿疯了，像发了高烧似的簌簌发抖，然而出于恐惧他还有所顾忌，只是木然待着。他听了听，似乎整幢房子都在发颤，只听得门嘭地关上，上面地板上响起一阵匆匆奔跑的脚步声。这普鲁士大兵还是放心不下，竖起耳朵仔细听这乱成一片的嘈杂声。不一会儿他听到一阵沉甸甸发闷的声响，像是什么大东西掉到墙脚前软绵绵的泥地上了，准是二楼上面的人纷纷往下跳。

接着什么动静，什么骚乱都没有了，城堡这庞然大物寂然无声，犹如坟墓一般。

瓦尔特·施那夫斯在一只没有动过的盘子前坐下开始吃起来。他大口大口地吃，仿佛生怕人家不等他吃够就匆匆过来打断他。他双手左右开弓，抓起东西就往张得活像大盆似的嘴里塞，大堆大堆的食物鱼贯而入，全都落到了他的胃里，经过嗓子的时候，把嗓子眼撑得又粗又大。他偶尔也停一停，这时他的食道仿佛一根塞得太满的管子，都快要爆裂了。他端起苹果酒罐子，像冲洗堵塞的管子似的疏通他的食道。

所有的碟子、所有的盘子、所有的瓶子，他一股脑儿全都清空。接着，他吃饱了，喝足了，人发木，脸发红，一抽一抽地打嗝，脑子昏沉，满嘴流油。他把军衣扣子解开喘气，他已是一步也走不动了。他的眼睛渐渐合上，脑子渐渐糊涂，沉甸甸的脑袋埋在桌上交叉搁着的臂膀上面，东西也好，事情也好，他慢慢地稀里糊涂全都不知道了。

下弦月挂在花园树顶的天际，月色一片朦胧，这是天亮前寒气袭人的时分。

一个又一个人影溜进矮树丛，人很多，然而悄然无声，时不时一缕月光照得暗处尖尖的铁器寒光闪闪。

城堡安谧宁静，只见它那黑黢黢的庞大身影巍然挺立，底层只有两扇窗还透着亮光。

突然，一个雷鸣般的声音吼了起来：

"向前冲，娘的，冲！小子们！"

于是，转眼之间大门小门，外窗板，玻璃窗框全都冲开，黑压压涌进了一大批人，他们冲的冲，砸的砸，摔的摔，占据了整幢房子。一刹那的工夫，50 名武装到头发的士兵蹿进厨房，瓦尔特·施那夫斯正在那安安静静地睡觉，50支上了膛的步枪顶着他的胸口，把他仰天推倒，揍得他满地打滚，最后把他抓起，从头到脚捆了起来。

他挨了打，挨了枪托揍，顿时吓疯了，目瞪口呆只知道呼呼喘气，惊得蒙头转向弄不清楚是怎么回事。

突然，一个身挂金绦带的胖军人一脚踏在他肚子上大声吼道：

"你被俘虏了，投降吧！"

普鲁士大兵只听懂"俘虏"两个字，他哼哼说："ya，ya，ya①。"

他被提起来绑在椅子上，他被制伏，边上好奇打量他的那些胜利者一个个像鲸鱼一样张大嘴直喘气。好几个人一屁股坐了下来，他们既紧张又疲惫，已经支撑不住了。

他却微笑起来，现在他终于肯定能被当成俘虏，不禁眯眯笑了！

又进来一个军官，报告说：

"报告上校，敌人全部逃窜，应是多人被打伤，我们已经控制战场。"

胖军官一边擦额头，一边高呼：

"胜利了！"

他从口袋掏出一本做生意的小记事本，在上面写了起来：

"经激烈战斗，普军携带伤亡仓皇撤退，估计50人被击丧失战斗力，多人被我军俘虏。"

年轻军官接着问：

"上校，部队如何部署？"

---

① 德语，意为"是，是，是"。

上校回答说：

"立即撤退，避免敌人用优势兵力在炮兵掩护下反扑。"

他下令部队出发。

纵队在城堡墙下的黑影里整队开拔，瓦尔特·施那夫斯被五花大绑，六个人端着手枪将他团团围住。

侦察兵已经被派到前面侦察路况，部队走得小心谨慎，时不时原地停止前进。

天亮的时候，部队到了拉罗什—瓦赛尔专区，立下此次战功的正是该专区国民自卫队。

老百姓都在焦躁不安地等着，当他们发现俘虏钢盔的时候，顿时人声沸腾响彻云霄。女人们纷纷扬起胳膊，几个老太太老泪纵横，一个老爷爷撩起拐杖揍那普鲁士大兵，结果把一个看守的鼻子打伤了。

上校一直在嚷嚷：

"注意俘虏安全！"

队伍终于进了专区府，牢门已经打开，瓦尔特·施那夫斯被推了进去，身上的绑也松开了。楼边四周共有 200 名士兵荷枪站岗。

这普鲁士大兵虽然吃撑了肚子胀得难受，折腾了好一阵，但他高兴得都要疯了，竟然乱蹦乱跳起来，又是举胳膊又是抬腿，一边跳一边狂叫，直到筋疲力尽，栽倒在墙脚才消停。

他当俘虏了，得救了！

就这样，尚比内城堡被敌人占领仅六小时即得到收复。

呢绒商拉蒂耶上校率领拉罗什—瓦赛尔国民自卫队参战立功，荣获勋章一枚。

修软椅的女人

——献给莱昂·埃尼克

打猎开禁那一天，德·贝尔特兰侯爵举行晚宴，这时宴席快要结束。十一位将要去狩猎的男人和八位少妇以及当地的医生围着一张大桌子坐着，桌上点着明晃晃的蜡烛，摆满了水果和鲜花。

话题突然转到爱情上来，立即引起了一场热烈的争论，争的还是那个永无休止的老话题：人的真实爱情究竟只有一次，还是可以有多次？有人举出一些人作例子，说他们一生只有一次严肃认真的爱情，也有人举出另外一些人作例子，说他们经常会坠入密集的情网不能自拔。总的说，男人都认为激情如同疾病，可以多次侵袭同一个人，倘若遇上什么障碍，激情也会置人于死地。这种看法无可非议，不过女人有女人的意见，她们根据的是那些诗情画意般的东西，而不是真实的观察，所以她们全都断定，爱情，真正的爱情，高尚的爱情，凡人一生只有一次；爱情犹如霹雳，人的心一旦被击中，那就会遭到蹂躏，烧成一片废墟，只剩下寂寂荒野，任何别的激情，即便是梦幻，都不可能再在这片荒野上生根发芽。

侯爵有过多次爱的经历，他激烈反对这种想法。

"我要对各位说，人可以不辞劳瘁，全身心地爱许多次。你们给我举了一些人作例子，说他们竟以身殉情，以此证明人不可能有第二次激情。我愿回答各位，如果没有糊涂到自戕自尽，失去东山再起的一切良机，他们就会治好创伤，卷土重来，如此周而复始，至死方休。有的多情人仿佛醉鬼，醉鬼喝了还要喝，多情人则是爱了这位还想爱那位。这完全在于气质，真的。"

大家就请从巴黎告老还乡的大夫做裁决，说说他的看法。

偏偏大夫没有看法。

"正如侯爵所说，这在于气质。我认识一个人，55年中矢志不渝保持一个激情，直到死才算了结。"

侯爵夫人连连拍手。

"太美了！被人爱到这个分上真是何等美梦！55年一直生活在这样一种推襟送袍的柔情蜜意之中，这可是何等幸福！那位先生得到人家如此倾心，该是三生有幸，赞美生活了吧?"

医生微微一笑。

"是的，夫人，您说得没有错，让人一往情深的那一位是位先生。你们都认识他，就是镇上的药剂师舒凯先生。至于那女的，你们也都认得，就是每年都来城堡修软椅的那个老妇人。不过，我可以给各位仔细说说。"

女人们顿时兴致索然，她们那一张张感到厌恶的脸仿佛都在说："呸！"似乎爱情只能折磨那些性情雅致的高贵之人，也只有他们才配得上让体面人去关注关怀。

医生接着说：

"三个月前我被叫到这老妇人那儿，她已经是奄奄一息的人了。她在前一天坐她那辆车刚到，这车又是她的房子，拉车的那匹劣马你们都见过。一路上还有两条黑狗陪着，这两条狗都是她养的，既是她的朋友，又是她的卫士。神甫已经在那儿了。她叫我们两人替她落实遗嘱，为了让我们明白遗嘱的用意，她向我们讲了她一生的经历。我不知道还有什么比她讲的更奇特、更悲酸痛心的事。"

"她父母以修软椅为生，她从未有过固定的住所。

"她自小到处流浪，衣衫褴褛，身上长满虱子，邋遢不堪。每到一个村庄，他们只在村口顺着路边土沟停下。然后卸下马由它去吃草，狗趴着把鼻子搭在前爪上睡觉，父母在路边榆树底下修村里各种各样的破旧椅子，这时小女孩一人在草地上打滚。一家人住这流动房子几乎不怎么说话，要说也是非说不可的几句，只是为了决定谁到各家屋前转一圈，吆喝谁都听惯了的那一声'修——椅——子！'然后就是面对面，或者肩挨肩地坐在一起搓草修椅子。孩子要是走得太远了，或者想找村里哪个小男孩一起玩，父亲就会生气地喊：'还不赶快回来，你这小坏蛋！'这是她听到的唯一疼爱的话。

"她长大一点后，父母派她去收破椅子垫，于是她在这村那村多少认识了一些男孩，可是这一下轮到她的那些新朋友的父母恶狠狠地喊他们的孩子了：'还不赶快回来，你这小泼皮！看你还跟叫花子说话！'

"小男孩朝她扔石子倒是常有的事。

"时不时一些女人给她几苏①小钱，她小心谨慎地攒了起来。

"她11岁那年，有一天从本地路过，她在公墓后面遇见小舒凯。小舒凯正在哭鼻子，原来有个小朋友把他的两里亚②偷走了。在她这样贫穷小女孩的愚笨脑瓜儿中，这些有钱人家的小少爷都应该是高高兴兴快快乐乐的，想不到也会流泪，她不禁慌了神。她走过去，问清楚小舒凯伤心的原因后就把自己攒下的钱全都放

---

① 法国辅币名。
② 法国古铜币名，相当于四分之一苏。

到他手里。小舒凯抹着眼泪，大大方方地把钱收了下来。这时她高兴得都要疯了，竟然大胆地一把抱住他吻了一下。小舒凯正一心看他手里的钱，也就由着她。她看见人家没有推开她，也没有打她，于是接着把小舒凯紧紧搂住实心实意地又吻了一下，然后拔腿就跑。

"这可怜的小脑瓜子在想什么？她喜欢上这小男孩，是因为她把自己流浪攒下的钱全都奉献给了小男孩的缘故，还是因为她把自己温柔甜蜜的初吻给了小男孩的缘故？不论是对孩子还是对大人这都是一个谜。

"一连几个月她做梦都想着公墓中的这个角落，想着这小男孩。她一心盼着能再见到男孩，于是她偷父母的钱，从修椅子得来的钱中，从叫她去买东西的钱中，这里掖一苏，那里藏一苏。

"等到又来这里的时候，她口袋里已经揣着两法郎了。可是，她只能透过老舒凯药房的玻璃窗看上小药剂师一眼，只见他一身上下干干净净，一边是红颜色的短颈大口药瓶，另一边是浸泡绦虫标本的大瓶。

"色彩鲜艳的药水真是帅，闪闪发亮的玻璃瓶真是神，她看得着了迷，兴高采烈，越发喜欢这小男孩了。

"对小男孩的回忆已是磨灭不掉，总在她心里藏着。第二年她在学校后面又碰上小男孩，男孩正同别的孩子一起打弹子，她扑过去抱住男孩拼命吻，吓得男孩嗷嗷直叫。于是为了让男孩静下来不嚷嚷，她把自己的钱都塞给男孩，一共3法郎20生丁，小男孩睁大着眼看，这可真是一大笔钱财了。

"小男孩把钱收下，由着她尽情亲吻。

"以后四年中，她把所有的积蓄全都放进了男孩的手中，男孩心安理得把钱放进口袋，反过来姑娘怎么亲吻他都答应。有一次亲他给30苏，有一次是两法郎，有一次是12苏（她感到又伤心又丢脸，难过得都哭了，不过这一年境况确实不好），最后一次是 5 法郎，一枚圆圆的硬币，小男孩高兴得嘻嘻笑了。

"她心里只想着男孩，男孩也似乎急着盼她再来，一看到她来，就跑着过去迎她，小姑娘高兴得心怦怦直跳。

"后来男孩不知道去了哪儿，小姑娘很灵，把情况打听到了。原来是家里送他上中学读书去了，于是她耍尽心眼，想让父母改变路线，等到学校放假的时候才来这儿。她终于把父母说通，不过她足足使了一年的心计，这时她已经有两年没有再见到男孩。男孩变化很大，人长高了，也英俊了，一身制服，纽扣都是金的，她几乎认不出他来了。男孩装作没有看见她，神气活现地从她身边走了过去。

"她哭了整整两天，从此以后终日肠断魂销痛苦不已。

"她每年都来这里，从他前面走过，但不敢向他打招呼，而他都不屑转过头来看她一眼。不想她总在发狂地爱着他，她对我说：'医生先生，他是我在人间见到的唯一男人，我都不知道是否还有别的男人。'

"父母去世以后，她接着干他们的行当，不过原来养一条狗，现在她养了两条，两条非常厉害的狗，谁都不敢去惹。

"她的心总惦着这小镇，一天她又过来，看见一位少妇从舒凯药房出来，胳膊正挽着她心爱的人。原来小伙子结婚了，那女人正是他的妻子。

"当天晚上，她一头跳进镇政府广场上的池塘里，有个深夜还在外面游荡的醉鬼，把她捞了上来，并送她去了药房。小舒凯穿着睡袍从楼上下来给她做救护，显出一副认不出她的样子，把她衣服脱了给她擦身，接着正颜厉色地说：'你这是疯了，犯傻也不应该这样！'

"这就足以治好她的心病，他毕竟开口对她说了话！她美滋滋地高兴了好长一段时间。

"她要给药剂师付酬金，但不管她说什么药剂师就是不肯拿。

"她这一生就这样过去，修椅子的时候总想着舒凯。每年她总要来隔着玻璃窗看看他，她也常常到药房来买点小药，她就可以走近仔细看他，同他说话，还像原先那样送钱给他。

"开始讲的时候我对各位说过，她是在今年春天死的。她把这段伤心史原原本本给我讲完以后，又托我把她毕生积蓄全都转交给她始终不渝、如此一心爱着的那个人。她说，她这一生干活全都是为了他，饿着肚子也要把钱省下来，这样她才能放心，在她死了以后，他至少会想起她一次。

"于是她递给我 2327 法郎。她咽气以后，我给神甫先生留了 27 法郎作安葬费，剩下的钱我都带走。

"第二天我就去找舒凯夫妇。他们刚用完午饭面对面坐着，夫妇两人全都胖乎乎，满脸红光，身上散出一股药味，得意扬扬，俨然是个人物似的。

"他们请我坐下，给我斟了一杯樱桃酒。我接过酒，声情并茂地讲了起来，因为我觉得他们一定会感动得流泪。

"舒凯一听明白这个坐着破车到处流浪，给人修椅子的女人竟然一心钟情于他，气得顿时跳了起来，仿佛他的名声、他做体面人的尊严、他内心深处的幸福、他心中某种比生命更宝贵高尚的东西全被这女人悄然盗走了。

"他妻子跟他一样愤然作色，反反复复地说：'这荡妇！这荡妇！这荡妇！'除了这话以外，她再也说不出别的什么话了。

"舒凯站了起来，在桌子后面大步走动，头上的希腊帽都歪到了一只耳朵根上，嘴里一直在嘟囔：'真是岂有此理，大夫！这种事情对一个男人来说太可怕了！怎么办？噢！我对您说吧！我要是在她活着的时候就知道，准告诉宪兵队把她抓起来，把她

扔进监狱。'

"我目瞪口呆，想不到好心好意过来告诉他们竟得到这样一个结果。一时间我不知道说什么好，也不知道该怎么办，但是受人之托的事我得有始有终，于是我接着说：'她托我把她的全部积蓄转交给您，一共有2300法郎。既然看来刚才我告诉您的这事惹您不高兴，兴许把这钱施舍给穷苦人是最稳当的了。'

"夫妇俩惊呆了，怔怔地望着我。

"我把钱从口袋里掏了出来，这可怜巴巴的钱什么国家的都有，什么标志的都有，有金币，也有一枚枚只值一苏的小钱币。然后我问道：'你们决定怎么处置？'

"舒凯太太首先开口说：'既然她，这女人有此遗愿……看来我们也很难拒绝。'

"做丈夫的隐隐约约有点心虚，他接着说了一句：'我们总可以拿这钱给我们家的孩子们买点什么。'

"我淡淡地说：'悉听尊便。'

"他接着说：'既然她托了您，您就把钱留这儿，我们总会找到办法，用这钱来行善。'

"我放下钱，一鞠躬就走了。

"第二天舒凯过来找我，开口就说：'这……这女人，她不是把车也留在这儿了吗？您怎么处置这辆车？'

"'没有什么考虑，您要拿就拿走吧。'

"'太好了，我倒不嫌，正好拿来在我家菜园搭个小棚。'

"他这就走了，我又喊他：'她还留下一匹老马和两条狗，您要不要？'他站住愣了一下说：'啊！不，不用了吧，您说我要来有什么用？您看着办就是了。'他嘻嘻笑了起来，又朝我伸过手来，我握了一下。有什么好说的呢，同在一个地方，医生和药剂师总不能是冤家对头。

"我把两条狗留了下来，神甫有个大院子，他把马牵走了。车做了舒凯家菜园的小棚，那笔钱他们用来买了5份铁路债券。

　　"这是我一生中见到的唯一的深厚爱情。"

　　医生讲到这儿没有再说下去。

　　侯爵夫人已是热泪盈眶，她一声叹息说道："显而易见，只有女人懂得爱！"

德 尼

——献给莱昂·沙普龙

一

马朗博先生一打开仆人德尼给他送来的信，他就微微笑了起来。

德尼给马朗博当仆人已经有 20 年了，他个子不高，胖墩墩，性情开朗，当地都把他当作仆人的楷模。这时他问道：

"先生高兴了吧？是不是得到什么好消息了？"

马朗博先生不富裕，原先是乡村药剂师，终身未婚，靠以前卖药给农民得到的一点辛苦钱过日子。他回答说：

"没错，伙计，马卢瓦这老家伙看到我起诉告他，他就缩回去了，明天我就能收到我的钱。一个老光棍钱柜里再放进 5000 法郎总不是坏事。"

马朗博先生高兴得直搓手。他这个人生性逆来顺受，经常愁眉苦脸，难得有高兴的时候，而且没有长进，办他自己的事也是拖泥带水。

当初他那些同行在比较大的药房卖药，他们过世以后他要是去接替，接过他们手上的顾客，他的日子肯定要比现在舒坦得多。但是他讨厌搬家，又想着有许多手续要办，结果总是拖着不动，两天考虑下来，便心安理得地说：

"算了吧！下次再说，再等等于我也无妨，说不定我还能找到更好的。"

可是德尼正相反，每次总会鼓动主人去争取，他脾气急，不停地唠叨：

"噢，我呀，我要有本钱准能发大财，只要有那么1000法郎，我就能办大事。"

马朗博先生微微一笑，一句话也不说，从屋里出来走进他的小花园，反剪着双手散步，同时想他的心事。

这一天德尼像是兴高采烈，一整天来来回回地唱当地的几首小调，而且异乎寻常地勤快，把屋里门窗全都擦了一遍，擦玻璃的时候还放开喉咙高声唱他的歌。

马朗博看到他干活这么卖力不禁感到惊诧，好几次笑眯眯地对他说：

"你这么干下去，伙计，明天还有什么活可干呢？"

第二天将近9点钟的时候，邮递员交给德尼四封信，都是给他主人的，其中一封鼓鼓囊囊很厚。马朗博先生立刻躲进自己房间，一直到下午才出来，给仆人四封信，叫他去邮局寄走。有一封信是写给马卢瓦先生的，十有八九是拿到款子的收据。

当着主人面，德尼什么也不多问，只是前一天他有多么高兴，这一天他就有多么不高兴。

夜幕降临，马朗博先生像往常一样到时间便上床，很快就睡着了。

忽然一阵不寻常的声音把他惊醒，他立即在床上坐起来，竖起耳朵听。不想门突然嘭的一下被推开，德尼就站在门口，一手拿着蜡烛，一手拿着一把切菜刀，两只眼睛睁大着直发愣，嘴唇和脸颊都绷得紧紧的，仿佛这时他心中有什么大事非常冲动，脸色却又像死鬼似的刷白。

马朗博先生惊得目瞪口呆，以为德尼得了梦游症，于是从床上下来，匆匆朝他走去，就在这时候，仆人把蜡烛熄灭，朝他扑了过来。主人朝前伸出手，被撞了一下，啪地仰面跌倒在地上。他想抓住仆人的两只手，觉得仆人得了精神病，得挡住这雨点般砍来的乱刀。

他肩膀上挨了一刀，接着额头上挨了第二刀，胸口上挨了第三刀。他拼命挣扎，两只手在一团漆黑中来回舞动，一边使劲用脚踢，嘴里直喊：

"德尼！德尼！你疯了？喂，德尼！"

可是德尼嘴里直喘气，用尽全身力气不停地砍，突然他被一脚踢到一旁，或者被一拳打到一旁，但接着又疯狂地扑过来。马朗博先生腿上又挨了两刀，肚子上挨了一刀。突然脑子里闪出一个念头，他立刻喊了起来：

"别砍了，别砍了，德尼，我没有收到什么钱！"

德尼一下停住，身边一片昏黑，马朗博先生只听见他扑哧扑哧直喘气。

马朗博先生紧接着又说：

"我什么也没有收到，马卢瓦先生改口了，案子很快就要审，你去邮局寄的那几封信就是为这事情。来的信都在我的写字台上，你自己可以去看。"

他使出最后一点力气拿起放在床头柜上的火柴，把蜡烛点亮。

他身上都是血，热乎乎的鲜血都溅到了墙上，床上的毯子以及窗帘也都被染红。德尼浑身上下也都是鲜血，在房间正中央愣着。

马朗博先生一看这景象，觉得自己已成死人，顿时失去知觉。

天蒙蒙亮的时候他苏醒过来，可过了一会儿他才真正清醒明白过来，想起了是怎么回事。然而想起人家要杀死他，伤口也疼了起来，他又吓得魂飞魄散，立即把眼睛闭上，什么也不敢看了。过了几分钟他从惊慌中平静下来，心中也就琢磨起来。他既然大难不死，就能恢复过来。他觉得周身无力，人非常虚弱，但没有感到什么剧痛，只是觉得身上许多地方好像被什么东西夹住似的难受。他又觉得人发冷，浑身湿透绷得紧紧的，仿佛被什么细带子捆了起来。他想身上湿漉漉是流血的缘故，一想到自己的血管可怕地冒出红殷殷的液体，床上已是鲜血淋淋，他不禁惊恐万状簌簌发抖。想到自己又要看到这副惨象，他便六神无主了，使劲闭上眼，似乎他不想睁眼，眼睛偏偏自己要睁开。

德尼这时成了什么样子？十有八九逃走了。

可是，他，马朗博，他该怎么办呢？站起来吗？喊救命吗？然而他只要稍微动一动，身上那些伤口肯定又会裂开，身上的血就会流尽，自己也就没命了。

忽然他听见房间门被推开，他的心几乎停下不跳了。肯定是德尼过来，想把他彻底弄死。靠近腰部的地方一阵剧痛，疼得他直发颤。原来来人正轻手轻脚地用凉水给他擦洗。这么说有人发现这儿的罪行了，现在正护理他，抢救他。他顿时喜出望外，可是他心有余悸，不想让人看见他已经苏醒，于是小心翼翼地睁开一条眼缝，只用一只眼看。

他一眼认出，原来是德尼站在他身旁，就是德尼本人！天哪！他赶紧合上眼睛。

德尼！这时候他来干什么？他怀什么鬼胎？又有什么鬼主意？

他来干什么？想不到竟是来给他清洗，把身上的血迹擦掉！他现在是不是马上去花园把他埋到地下 10 尺深的地方，不让人家发现？有没有可能把他拉到地窖，藏到酒瓶底下？

马朗博先生不寒而栗，连四肢都簌簌抖了起来。

他心中想到："我完了，完了！"他没命地把眼皮夹紧，不敢去看这最后一刀怎么砍下来。然而这一刀没有砍下来，德尼这时却把他抱到床上，用床单把他裹起来，然后小心翼翼地给他包扎腿上的伤口。主人做药剂师还没有退休的时候，他学过包扎。

像他这样的内行人现在再没有什么可以疑神疑鬼了，他的仆人先是想把他杀死，现在却又在想办法抢救他。

这时马朗博先生软弱无力地轻声说话了，教德尼怎么做管用。

"洗和包扎都得用水，兑上皂角甙煤焦油！"

德尼回答说："我知道，先生。"

马朗博先生睁开双眼。

床上，房间里，连凶手身上都已经干干净净，不见半点血迹，被砍伤的人躺在雪白的床单上。

两人只是四目对视。

马朗博先生终于先开口，柔声柔气地说：

"你可犯大罪了。"

德尼回答说：

"我正在将功赎罪，先生。只要您不告发，我准一如既往，忠心耿耿侍候您。"

此时此刻可不是惹仆人生气的时候，马朗博先生闭上双眼说道：

"我向你起誓，绝不告发你。"

二

德尼把他主人救治好了。他日日夜夜不离病人房间一步，也不睡觉，给病人配药丸，兑药水，熬汤药，给他号脉，焦躁不安地数脉搏次数，照料病人眼疾手快，简直就像看护，而且实心实意，仿佛就是病人的儿子。

每时每刻他都要问上一句：

"怎么样，先生，您感觉怎么样？"

马朗博先生有气无力地回答说：

"好点了，伙计，谢谢你。"

马朗博先生夜里醒来，常常看到仆人坐在他的椅子上直掉眼泪，只见他默不作声，悄悄擦眼睛。

退休药剂师从来没有受到这么好的关心照料，也没有得到这么细致的体贴。一开始的时候他就暗自说：

"我一康复就把这无赖打发走。"

现在他的伤已经好了，正是养的时候，然而把企图杀害他的凶手打发走的事今天推明天总拖着。他心中想，谁也不会像这家伙那样关心照顾他，他抓住这伙计的把柄了，他把话说得很清楚，说他已经找公证人立了遗嘱，倘若再闹出什么事来，就送遗嘱去法院告他。

他觉得这一手能保证他今后不会再遭谋杀，所以他思忖，最谨慎的做法是把这人留在身边，这样可以严密监视他。

从前他要进什么重要的药，总是优柔寡断，现在还是这迟疑不决的老脾气。

"时间还有的是。"他对自己说道。

德尼一直像无可比拟的好仆人侍候他，马朗博先生完全康复了，把德尼留了下来。

然而有一天上午，他刚吃完饭，突然听到厨房里一片吵闹声，他马上跑过去看是怎么回事。原来是德尼被两个宪兵抓住，在那里犟着想挣脱出来，班长正绷着脸在本上记什么事情。

仆人一见到主人来，马上嗷嗷大哭起来，一边嚷嚷：

"您告发我了，先生，这事可做得不漂亮。您原先已经答应我不告发的，您言而无信，马朗博先生，这可不好，这可不好！"

马朗博先生惊得目瞪口呆，觉得受到人家怀疑，心里很难过，立即举起手说：

"我当着你向上帝起誓，伙计，我没有告发你。我压根儿不知道这几位宪兵先生是怎么知道你曾经想对我下毒手。"

班长顿时惊得跳了起来。

"您是说他曾企图杀死您，马朗博先生？"

药剂师慌慌张张地回答说：

"可不……不过我没有告发他……我什么也没有说……我发誓什么也没有说……从那以后他侍候我真是好极了……"

班长正颜厉色地说：

"我注意到了您的证词，法院还没掌握这一罪行，不过一定会立案审理，马朗博先生。我奉命把您的仆人逮捕归案，因为他犯了偷盗罪，上迪亚梅尔先生那儿偷偷摸摸拐走了两只鸭子，犯罪事实已经有人作证。请原谅，马朗博先生，您的证词我得向上司汇报。"

说完他朝那两个手下转过身，命令道：

"走，上路！"

两个宪兵押着德尼走了。

三

律师以神经错乱为理由作了辩护，拿这两项罪行相互印证，说得头头是道。他作了淋漓尽致的证明，说偷两只鸭子和在马朗博先生身上连砍八刀都出于同一精神状态。他精辟细致地分析了神经错乱一瞬间各个阶段的表现，说倘若能在某个出色的精神病院治疗几个月，这病一定能治好。他还热情洋溢地称赞这位忠厚的仆人一贯忠心耿耿，虽然一时迷乱砍伤了自己的主人，但接着对主人的照料尽如人意无出其右。

听到这一番追溯，马朗博先生不禁深受感动，只觉得自己已是热泪盈眶了。

律师一眼看见了，立即摊开双臂，抖开蝙蝠翅膀一般的黑色长袖，铿锵有力地高喊道：

"请看吧，看看吧，看看吧，诸位陪审员先生，看看这泪水吧！此时此刻，对我的当事人我还有什么可说的呢？还有什么演说、还有什么理由、还有什么论证能比这泪水更具说服力？这泪水就是慷慨陈词，比我的辩护还高亢洪亮，比法律还铿然有声，这泪水正在高喊：'对一时的迷乱应予以宽大！'这泪水正在恳求，正在宽恕，正在祝福！"

说到这儿他戛然而止，坐了下来。

马朗博已经做过证，说的话对他的仆人很有利，这时庭长朝他转过身问：

"总而言之，先生，姑且认定您认为此人神经错乱，但这并不表明您就想把他留下，是不是？此人毕竟有危险。"

马朗博边擦眼泪边回答说：

"事情已经是这样了，庭长先生，现在这时候仆人可不好找……我未必能找到更好的仆人。"

德尼最后被判无罪，送精神病院治疗，费用由他的主人
负担。

绳子

——献给阿里·阿利斯

　　戈代维尔镇周围的每条路上都是到镇上来的庄稼人和他们的妻子，因为这一天是赶集的日子。男人迈着稳健的步伐，畸形的长腿每跨一步，整个身体都往前冲一下。干的活总是又苦又累，犁地时扭着上身耸起左肩才能压住犁，割麦得撇开双腿才能稳稳当当站住，庄稼活全都费工吃力，他们的腿也就渐渐变了形。他们穿的罩衫一色蓝，上了浆，闪闪发亮好像上了油漆似的，领子和袖口都用白线绣上细小的花纹，罩衫套在他们瘦小的身上鼓鼓囊囊，活像正要飞起来的大气球。脑袋、两只胳膊和两条腿就从这大气球里伸了出来。

　　有的男人牵一头母牛或者小牛犊来赶集，做妻子的在牲畜后面用还挂着叶子的枝条打牲畜腰部，催它快走。她们手臂上都挎只大篮子，篮里有的从这边伸出鸡脑袋，有的从那边伸出鸭脑袋。她们走得都比她们男人急，但是步子迈得小。她们长得又干又瘦，直直地板着上身，披一条窄小的披巾，用别针别在扁平的胸脯上，头上紧贴头发包上白布片，再戴一顶没有边的软帽。

　　后面有一辆马车过来，车上放了长板凳，一匹小矮马拉着车一路小跑，车一颠一晃，摇得车上的两个男人东倒西歪。车子后半部坐了一个女人，手紧紧扶着车沿，想尽量摇摆得小一些。

戈代维尔镇的广场上熙熙攘攘，人和牲畜乱哄哄混成一片。只见挤挤插插的人堆里支出一只又一只牛角，一顶又一顶长毛高筒的富家农民戴的皮帽子以及一顶又一顶农妇戴的软帽子。各种各样的喊叫声，有穷嚷嚷的，有尖声尖气的，有直刺耳朵的，汇成一片喧腾，闹嚷嚷吵个不停，喧闹声中又不时响出一阵压倒其他一切声响的哈哈笑声，哪个快活的乡下人正敞开他那健壮的胸膛纵声大笑起来，还能时不时听到拴在房屋墙旁的母牛长长的一声哞叫。

整个广场弥漫着一股股牲畜栏、牛奶、厩肥、干草和汗水混在一起的臭气，到处散发出乡下人身上特有的那种无比难闻的人和牲畜的酸臭味。

布雷奥泰村的奥舍科尔纳老爹刚刚赶到戈代维尔镇，正朝广场走去，突然看到地上有一段小线头。奥舍科尔纳老爹是个地道的诺尔曼人，过日子能省就省，心想掉地上的东西捡起来总能派上用场。他吃力地弯下腰——因为他的风湿病犯了，从地上捡起小线头。他正要把绳子仔细缠好，发现马具皮件铺老板马朗丹老爹站在门口朝他看着。以前他们两人为了一副笼头顶过嘴，两人都好记仇，从此以后心里一直气鼓鼓的。奥舍科尔纳老爹觉得自己在烂泥地上捡段小线头让仇人看见了，真是件丢脸的事。他赶紧把捡得的线头掖进罩衫，塞到裤袋里，接着又装出在地上找什么东西，但没有找着的样子。找了一阵，他便佝偻着疼得直不起来的腰板，向前伸着脑袋，朝集市走去。

不一会儿他就挤进人堆不见了。那里总是闹哄哄的，谁都不慌不忙，起劲地没完没了地讨价还价。庄稼人在母牛身上摸了又摸，拍了又拍，然后走了，接着又走回来，一副没着落的样子。他们总怕上当受骗，始终下不了决心，仔细盯着贩子的眼睛，随时都在想找出贩子有什么骗人的把戏，牲口有什么毛病。

农妇把大篮子摆在脚边上，将家禽从篮子里掏了出来，爪子都绑着，冠子通红，一只只睁着惊慌的眼睛趴在地上。

人家开价她们只是听着，自己开的价就是不肯让，这时她们总是冷冰冰地绷着脸，看不出她们心里在琢磨什么。也有的时候她们依了人家还的价，朝慢吞吞走开的买主扯着嗓门嚷：

"就这么着吧，安蒂姆老爹，这就给您了。"

广场的人渐渐稀拉下来，教堂的大钟敲响，该是正午祈祷的时候了，家太远回不去的人纷纷找小客栈吃饭。

儒尔丹客栈的大店堂里挤满了吃饭的人，客栈的大院子也放满了车，五花八门什么样的车都有，有运货的大马车，有带篷的轻便马车，有放了长板凳的马车，有只够两个人坐的小马车，也有不知道怎么叫才好的带篷的小车。辆辆车都沾满了烂泥，车身发黄，歪七扭八，东补一块西补一块，有的车像人朝天举起双臂似的高高翘着车辕，有的车头冲地车尾朝上撅起。

吃饭的人都坐好了，边上的大壁炉烧着熊熊旺火，把坐在右边的人烤得背直发烫。炉子里三根烤钎来回翻动，上面插满了鸡、鸽子和羊后腿，烤熟了的肉香味和黄灿灿肉皮上淌着的卤汁味从炉膛里飘溢出来，引得满屋子的人眉飞色舞，馋涎欲滴。

扶犁把的庄稼汉中凡是有头有脸的人都来这里吃。老板儒尔丹除了这客栈以外，还做贩马的生意，脑筋灵活，是个有钱人。

一只只盘子，一只只金黄色苹果酒的罐子端来了又端走，全都吃尽喝光。人人都在谈自己的生意，有买的也有卖的；人人都在打听收成怎么样，天气对草料倒是不错，可是对麦子却差劲了。

突然屋子前的院子里响起一阵击鼓声，除了几个人不理不睬以外，其余的人全都立即站起来，嘴里塞满了东西，手里拿着餐巾，纷纷涌向门口和窗口。

击完鼓，宣读公告的差役磕磕巴巴读了起来，声音倒是抑扬顿挫，可就是该断句的时候不知道断句：

"现通知戈代维尔镇全体居民及所有——赶集者今天——上午在伯泽维尔镇大路上于——九十点钟之间丢失黑色钱包——一个内有五百法郎及商业票据——若有拾得者请——将钱包立即交镇政府或送还马纳维尔镇的福蒂内·乌尔布雷克先生另有——二十法郎以资感谢。"

差役读完就走了。接着听得远处又一次响起低沉的鼓声和差役宣读文告的微弱的朗读声。

大家议论起这件事来，把乌尔布雷克先生能找回和不能找回钱包的各种可能全都说了一遍。

饭也吃完了。

最后的咖啡也快喝完，这时门口来了宪兵队长。

他问道：

"布雷奥泰村的奥舍科尔纳老爹在这儿吗？"

奥舍科尔纳老爹正在桌子的那一头坐着，他回答说：

"我在这儿。"

队长接着说：

"奥舍科尔纳老爹，劳驾，请跟我去镇政府走一趟，镇长先生有话要同您说。"

这庄稼人吃了一惊，顿时惶恐不安，端起小杯一口喝完，然后站了起来，他的背比上午驼得更厉害了——每次歇完再走，头几步都非常痛苦。他一边过去，一边不停地说：

"我来了，我来了。"

他跟在队长后面走了。

镇长坐在椅子上，正等着他。镇长又是当地公证人，长得肥肥胖胖，说话好拿腔拿调故作庄重。

"奥舍科尔纳老爹，"他说道，"有人看到您上午在伯泽维尔镇的大路上捡到马纳维尔镇的乌尔布雷克先生掉的钱包。"

乡下人目瞪口呆地望着镇长，这么一个怀疑落到他身上，把他吓得六神无主，都不知道是怎么回事。

"我，我，我捡到这钱包了？"

"没错，就是您捡的。"

"我发誓，我连什么样的钱包都不知道。"

"有人看到您捡了。"

"有人看见我？是哪个家伙看见我的？"

"马具皮件铺老板马朗丹先生。"

这时老头子才想起来，明白是怎么回事，顿时气得脸都涨红了：

"啊！他看见我了，这混蛋！他看我捡的是这绳子，就这绳子，镇长先生。"

他一边说一边摸口袋，掏出一小段绳头。

可是镇长不肯相信，摇摇头说：

"您就不要骗我了，奥舍科尔纳老爹，马朗丹先生是个值得信赖的人，他总不至于把这绳子看成钱包吧？"

老农民气疯了，举起手，朝一旁啐了一口唾沫，以此表明他发誓，一边说：

"向上帝发誓，这可是活生生的事实，千真万确，镇长先生。我再说一遍，真有这种事，天夺我魂，永不得救。"

镇长接着说：

"您捡了钱包之后，又在烂泥地里找了半天，看有没有什么钱币掉在外面。"

老头子又气又怕，话都说不利落了。

"居然说得出口！居然说得出口！造谣中伤老实人！居然说得出口！"

他争也没有用，镇长就是不肯相信他。

马朗丹先生被叫来同他对质。他一口咬定,把他的证词又说了一遍,两人对骂了足足有一个钟头。后来应奥舍科尔纳老爹自己的请求对他搜身,但是什么也没有搜出来。

最后镇长不知所措,只得把他放了,又对他说这事得报告检察署,听候检察署的命令。

消息已经四下传开,老头从镇政府出来就被团团围住,大家想知道究竟是怎么回事,都来向他问这问那,有的问得一本正经,有的则是在奚落取笑他,但就是没有人出来抱不平。他把这绳子的事情从头至尾说了一遍,人家都不相信,全都笑了。

路上他遇见谁就被谁拦住,遇见熟人他也把人家拦住,翻来覆去讲他那件事,说他受了冤枉,把口袋翻出来给人看,证明他什么也没有捡。

大家都对他说:

"得了,老滑头!"

他恼羞成怒憋了一肚子火,又是生气又是伤心,自己的话竟然谁都不信,他都不知道如何是好,只是左一遍右一遍地讲他这么一件事。

天色已经不早,也该回去了。他同三个邻居一起上路回家,把他捡绳头的地方指给他们看,一路上一直在讲他的倒霉事。

晚上他在布雷奥泰村转了一大圈,把他的倒霉事向全村的人都说了一遍,但是谁都不肯相信。

整整一夜他伤心得都睡不踏实。

第二天下午一点钟光景,在布尔通老爹庄园当雇工的伊莫维尔的庄稼人马里于斯·波梅尔把钱包连同包里的东西一起给马纳维尔镇的乌尔布雷克先生送了过去。

这人说,东西的确是他在大路上捡到,可他不认字,只好把东西带回来交给东家。

消息在附近一带传开，奥舍科尔纳老爹也知道了。他立刻到各处转，把他的事情连同最后结果都说了一遍。他扬扬得意了。

"让我寒心的，"他说道，"倒不是事情如何如何，知道吗，而是这谎话，一句谎话害得您遭人家指指戳戳，没有比这更能毁人的了。"

整整一天他都在说他的倒霉事，在路上对赶路人讲，在小酒馆对喝酒人讲，紧接着的星期天做礼拜从教堂出来他还在讲，就是不认识的人，他也要拦住向他们讲。现在他放心了，不过总有什么事让他不踏实，可又不知道这究竟是什么事。人家听他讲的时候，似乎在拿他取乐，都不相信他的话。他恍惚觉得人家在他背后说这说那。

到了下一个星期的星期二，他又去戈代维尔镇赶集，只觉得他的事必须再说说，非去赶集不可。

马朗丹站在店门口，一看见他过来就嘻嘻笑了起来，这是为什么？

他碰上克里克托的一个庄园主，于是搭讪说了起来，可是人家不等他说完，就朝他肚子捅了一下，冲着他的脸直嚷："得了，老滑头！"人家嚷完就转身不理他。

奥舍科尔纳老爹惊呆了，他越发心慌了。为什么人家叫他"老滑头"？

他到儒尔丹客栈吃饭，坐下就开始讲他那件事。

蒙蒂维耶的一个马贩子冲他嚷道：

"行了，行了，老伙计，你那绳子我知道是怎么回事。"

奥舍科尔纳结结巴巴地说：

"人家后来不是找到钱包了吗？"

可那人紧接着说：

"别说了，老爹，有人捡，又有人送还，好一个神不知鬼不觉!"

老农民目瞪口呆，他终于恍然大悟，原来人家说他同别人串通好，让同伙把钱包送回去。

他想争辩，可是全桌的人都哈哈笑了起来。

这顿饭再也吃不下去，他在一片嘲笑声中走开了。

他回到家，又是羞愧又是气恼。他怒火中烧，无地自容，心里直发堵。凭他诺尔曼人这点狡诈，人家说他的这种事他还真能干得出来，甚至还为自己这一高招吹嘘一番，想到这里他更是心惊肉跳了。他隐约觉得自己以狡黠闻名远近，现在想证明他清白是怎么也说不清了。他感到被这不明不白的怀疑当胸打了一拳。

于是他又开始讲他的倒霉事，事情经过讲得一天比一天长，讲一次添进一些新的理由，争辩更铿锵有力，发誓更正颜厉色，这都是他自己独自待着的时候就琢磨准备好了的话，他的心思全用在这绳子的事情上了。然而，他辩得越详细，理由说得越精密，人家越不相信他的话。

"这些理由，全都是编出来骗人的。"人家在他背后说。

他察觉出来了，不禁怒气攻心，还在竭力刷洗，然而不但不管用，反而弄得自己心力交瘁。

他眼看着一天天萎靡下来。

现在轮到那些好作弄人的人对他讲这绳子的故事来逗乐了，那情景就像打过仗的士兵吹他怎么打仗一样。他的精神彻底受到打击，人越来越虚弱了。

到 12 月底他缠绵病榻再也起不来。

1 月初他死了，临终神志不清的时候，他还在为自己辩白，嘴里翻来覆去地说：

"一小段绳子……一小段绳子……您看，就这绳子，镇长先生。"

乞 丐

他没家没业，又是残疾人，不过当初还曾有过比较像样的日子。

15岁那年，他在瓦尔维尔的大路上被一辆马车碾断双腿，从此以后他拖着断腿，沿路穿过一个又一个农家院子行乞。一路上他拄着两根拐杖一摇一晃，两只肩膀因为长期拄拐杖向上耸到耳朵一般高，脑袋像是陷进两座山峰似的。

他是比耶特的本堂神甫在路边土沟捡到的一个弃儿。神甫捡到他的那一天正好是诸圣节的前一天，所以给他取名叫尼古拉·图桑①。他靠施舍被养大，没有受过任何教育。村里面包铺老板一次闹着玩给他灌了几杯烧酒，害他成了残疾人。从此他终日流浪，除了伸手乞讨，什么事都不会干。

以前德·阿瓦里男爵夫人在城堡边上的庄园里让出一个小窝棚给他住，窝棚里垫满了干草，旁边是鸡棚。在他要不到东西，饥肠辘辘的时候，他还总能在庄园的厨房里找到一块面包和一杯苹果酒。他还时不时地有几苏小钱，这钱是老太太从她楼前的台阶上，或者从她房间的窗口上扔下让他捡的。如今老太太已经去世了。

---

① 图桑为法语 Toussaint（天主教的诸圣瞻礼节）的音译。

方圆几个村子里的人不怎么给他东西，对他这个人大家太清楚了，40年来，总是看到两条木腿架着他这衣衫褴褛、猥琐丑陋的身躯从这家走到那家，大家都烦透了。可是他一点不想离开这里，因为世界上除了这块地方，除了他凄惨度日的方圆三四个村子以外，他什么都不知道了。他行乞有个界限，从不超越，而且他也养成习惯，乞讨绝不超过这界限。

　　他不知道遮挡他视线的那些大树后面还有多大的世界，他也不去想这些事。当地农民总在地头沟边碰见他，一个个都烦他，冲着他喊："你支着拐杖老在我们这儿转悠，为什么不去别的村子转？"他一声不答就走开，心中隐隐约约有一种怕生的恐惧，这是穷苦人的一种恐惧，模模糊糊地对什么都害怕。怕见到新脸孔，被素不相识的人辱骂，招来他们怀疑的眼光；也怕大路上两人一组走着的宪兵，一见到他们他就本能地躲到灌木丛中或者藏到碎石堆后面。

　　每当他远远发现阳光下有宪兵鲜艳夺目的身影，他就突然变得少有的灵便，像妖怪一样机灵地藏了起来。他从正架着的拐杖上滑下，像块破旧布片落到地上，蜷成一团，小得都看不见，灰不溜秋的破衣服同泥土的颜色混成一片，人像趴在窝里的兔子紧贴着地朝前面滚。

　　然而他从没有遇上宪兵找他什么麻烦，他就是从骨子里怕宪兵，似乎这种惧怕和逃跑的本能是遗传，是从他根本没有见过面的父母那儿得来的。

　　他没有藏匿的地方，不要说像模像样的房子，就是破茅屋，就是能躲避风雨的一席之地都没有。夏天他哪儿都能睡，冬天他会非常机灵地钻进谷仓或者牲口圈里过夜，总是不等人家发现他就早早地溜走了。他知道当地房子都有哪些开着的口子可以钻进屋去，两条臂膀因为经常支拐杖变得特别有力，仅凭手腕使劲他就能爬进堆放干草的屋子，有时他四处乞讨，东西够他吃，他就在那里一连待四五天都不动窝。

他活在人世上，过日子却像野兽一样，没有他认识的人，也没有他喜欢的人，惹得农民谁都嗤之以鼻不理他，谁都在心里暗暗恨他。大家给他取诨号叫"吊钟"，因为他人架在两根木拐杖中间一摇一摆的，活像在支架上吊着的一口钟。

他已经有两天没有吃东西，谁都不肯再给他什么东西了。大家到最后都很烦他，农妇站在家门口看见他过来，全都老远就嚷起来：

"走开，你这无赖！三天前我还给你一块面包呢！"

他只得支着拐杖掉转身，朝邻近的农家走去，到那儿人家也是这么对待他。

走完这一家走那一家，家家女人都说：

"总不能一年到头都养着这么一个懒坯吧。"

然而懒坯每天都需要吃东西。

他已经走遍了圣伊莱尔、瓦尔维尔和比耶特3个村子，可是一个子儿、一块面包皮都没有讨到。唯一还有希望的只剩图尔诺尔这村子了，可是得顺着大路走15里，他的肚子已经瘪得像空口袋，全身乏力再也拖不动了。

但他还是上了路。

这正是12月的时候，田野上寒风刮个不停，吹过光秃秃的树枝嘶嘶直叫。天低沉阴暗，云急速掠过，不知匆匆飞向何方。这身患残疾的乞丐走得很慢，艰难地一前一后挪动他的拐杖，身子靠那条保住的歪歪扭扭的腿支着，腿下面的脚已经不像脚，用一块破布包着。

过一会儿他就在路边土沟旁坐下来稍微歇几分钟，饥饿在他不是滋味的心中投下一丝丝悲哀。他只有一个念头——吃东西，但是他不知道怎样才能吃到。

他在漫长的路上吃力地走了整整三个钟头，当他看到村子一棵棵大树的时候，立即加快步伐。

他终于碰见了一个农民，开口乞讨，人家却回答他说：

"你又来了，老主顾！我真是永远甩不掉你这家伙了！"

"吊钟"只得走开。他一家接一家地乞讨，人家骂的骂，轰的轰，恶狠狠地谁也不给他东西吃。但他耐着性子，硬着头皮接着在村里转悠，还是一个子儿也没有讨到。

于是他去找大庄户人家讨，在雨水泡软的地上转来转去，他已经筋疲力尽，连拐杖都提不起来了。到哪儿人家都轰他走。这一天他赶上的正是寒峭凄凄的日子，人人都内心怆怆，容易发脾气，而且黯然销魂，谁都懒得伸手去施舍或救济。

他认得的几家都找过了，最后来到一条土沟角上，顺着希凯老爹家的院子躺下。他脱钩落地——人家就是这么说他让两根又高又长的拐杖从他腋下慢慢滑落，人趁势缓缓倒下。他躺着老半天都没有动弹，木然忍受着饥饿的折磨，然而他又太没有理性，竟然不知道好好探测一下自己命途多舛究竟是怎么回事。

他在期待，然而不知道期待什么，其实我们也一样，时时刻刻都在这样茫然期待。他是在这庄户人家的院子角上，在凛冽寒风中期待我们也总在希望得到的，来自苍天或人间的奇妙周济，然而不去想想这奇妙的周济怎么来，凭什么来，出自谁的手。一群黑母鸡从旁边经过，在哺育一切生命的土地上啄食吃。母鸡不停地啄，总能一下啄起一颗谷粒，或什么看不见的小虫，刚啄完又不慌不忙，自信不疑地在地上接着再啄。

"吊钟"先是看着母鸡走过去，脑子里什么也不想，后来他头脑中突然蹦出一个想法，或者更确切地说，他肚子里突然冒出一种感觉，这些母鸡只要捉一只，放到枯枝生起的火上烤一烤，那一定是很好吃的。

他顾不得想这就是犯偷窃罪了，只是随手捡起一块石头子，凭他敏捷的手，一下把石头子朝离他最近的那只母鸡扔了过去。母鸡扑腾着翅膀侧身倒下，其他几只倒腾着细小的爪子，一摇一摆地匆匆逃走。"吊钟"重新架到拐杖上，走去捡他的猎物，走的姿势跟刚才母鸡逃走的样子一样，也是一摇一摆的。

他正走到黑乎乎，脑袋被血染红的死鸡边上，背上被狠狠地推了一下，夹着的两根拐杖全都掉到地上，他整个人在地上朝前滚了10步远。希凯老爹气急败坏地朝这偷鸡贼扑了过来，发疯似的揍起来，那狠劲就像一个被偷的庄稼人揍小偷，又是拳头打，又是用脚踢，打得这残疾人根本招架不住。

庄园里的伙计全都跟着过来，同东家一起把这乞丐朝死里打。等他们打累了，他们把他抓起，拖到柴屋关了起来，然后去叫宪兵。

"吊钟"已被打得半死，浑身淌着血，饿得天旋地转，一直在地上躺着。黄昏降临，然后是夜晚，接着天又亮起来。他始终没有吃到东西。

约莫到了中午时分宪兵过来了，他们开门的时候小心翼翼，生怕有什么反抗，原来希凯老爹说他遭到乞丐攻击，好不容易挡住才没有挨打。

队长喊了一声：

"喂，起来！"

可是"吊钟"动弹不了，他挣扎着想撑住拐杖站起来，但他撑不起来。他们以为这是假装、耍花招，是歹徒成心使坏，于是两个全副武装的宪兵连叫带骂把他抓起，硬拽着把他架到拐杖上。

他害怕了，这是一种天生的对黄军装的害怕，是猎物见到猎人的害怕，老鼠见到猫的害怕。他使出了常人想不到的力量，终于站了起来。

"走!"队长说。

他走了起来。庄园里的男男女女都在一旁看他走，女人朝他挥拳头，男人笑他骂他，终于把这家伙抓了起来，可把他甩掉了!

他被两个宪兵押在中间走了。他把命都豁出来，总算拖着身子一直走到傍晚，这时他迷迷糊糊，都不知道自己出了什么事，人早已魂飞魄散，吓得什么都不明白了。

路上碰见他的人都站住看他过去，庄稼人一边看一边轻轻说:

"准是偷东西了!"

赶到区政府的时候天快黑了。他这一生还从没有走过那么远，他实在不明白这是怎么回事，也不明白接下来怎么样。眼前这些事情太可怕了，怎么也没有想到;这一张张脸孔，这一幢幢房子以前从没有见过，他惊恐万分，心里直发怵。

他一句话不说，也没有什么话好说，因为他什么都不明白，再说多少年来他没有跟任何人说过话，舌头都几乎转不过来了。他脑子也是一片糊涂，想不出什么话要说。

他被关到镇上的监狱，那些宪兵才不会想到他是需要吃饭的，把他撂在那儿直到第二天都没有去管。

可是，第二天一早过来准备提审他，只见他躺在地上，人都已经死了。真是没有想到啊!

在旅途上

——献给古斯塔夫·图杜兹

一

火车过了戛纳以后车厢里坐满了人，大家都彼此认识，一路尽在闲谈。经过塔拉斯孔的时候有人说了一句："杀人的地方就在这儿。"于是大家就谈起这个神秘的、总是逮不着的凶手，两年来他已经数次夺走旅客的生命了。人人都讲了一番自己如何推测，也都讲了自己有何见解，女人则一个个都在簌簌发抖，两眼望着车窗外黑黢黢的夜色，唯恐看见车窗上突然冒出什么人的脑袋来。接着大家又讲起种种可怕的故事，什么半路遇见坏人，什么在快车上同疯子单独相处，又是什么贴面对着一个可疑的人物一待就是几个钟头，等等。

每一个男人都会说出一段令其体面光彩的故事，而且谁都是在想象不到的情况下，凭着令人敬佩的机智和勇敢，把什么坏人震慑，打倒在地，最后把他捆绑起来。有一位医生每年冬天都去南方，他也想讲一段奇遇。

"本人，"他说了起来，"从不曾有幸遇到此类事情，也就无从考验我的勇气如何。不过我认识一位女士，她是我的一位病人，今天已经不在世上，她生前碰上了世上最离奇、最神秘、也是最动人的事情。"

"她叫玛丽·巴拉诺娃，是一位俄国伯爵夫人，高贵典雅，风致韵绝。诸位都知道俄国女人全都长得非常美，鼻子纤小细巧，嘴幽微动人，两眼稍稍靠一起，闪出一种简直难以形容的灰蓝色，神情又是那样优雅冷漠，甚至有点冷峻！她们的神态中有某种既是杀气又是诱人的东西，某种既傲慢又甜蜜，既温柔又严峻的东西，对法国男人来说，实在太迷人了。实际上，这仅仅是因为种族不同，特征不同，我才会从她们身上看出如此不同的地方。

"她原先的那位医生在数年前就看出她患上肺疾，总是劝她到法国南方来疗养，可她刻板固执，不肯离开彼得堡。最后拖到去年秋天，那位大夫觉得她已病得无法医治，于是把实情告诉她丈夫，她丈夫当下安排她来芒通①。

"她上了火车，一人独自坐一个车厢隔间，随行仆人坐同一车厢的其他隔间。她靠在车窗上，怀着几分伤感望着一片片田野和一座座村庄从眼前掠过，觉得自己形单影只，在这人世上举目无亲，没有孩子，几乎没有亲人。虽有丈夫，但他的爱已经泯灭，他现在把她一人扔到天涯海角，都不想陪她一起来，简直就像把患病的仆人打发到医院去一样。

"每到一个车站，叫伊凡的跟班就过来看看女主人缺不缺东西。这是一个上了岁数的仆人，忠诚笃实，对女主人奉命唯谨。

"夜幕降临，列车全速疾驶。她心情过于紧张，久久不能成眠，忽然间想起丈夫在她动身前最后一分钟给她的钱都是法国金

① 法国地中海沿岸城镇，靠近意大利边境，为冬季度假胜地和夏季避暑胜地。

币，她不禁想拿出来数数。于是她打开小提包，把亮锃锃的金币哗哗倒在双膝上。

"可是突然一股冷风朝她扑面吹过来，她吃了一惊，抬起头来。原来车门打开了，玛丽伯爵夫人手忙脚乱，赶紧用披巾把摊在连衣裙上的金币遮起来，然后静静等着。过了几秒钟上来一名男子，光着脑袋，手受了伤，呼哧呼哧地直喘气，身上穿了晚礼服。他把车门关上，然后坐下，目光灼灼朝边上这位女士看着，然后掏出手帕把还在流血的手腕包起来。

"少妇吓得只觉得自己快要晕厥过去，这男子肯定看见她在数金币，于是上来想把钱窃走，再把她杀死灭口。

"他目不转睛地盯着她，嘴里还在喘气，面目狰狞，大概就要向她扑过来了。

"他突然开口说道：

"'夫人，不必害怕！'

"她一声未答，这时她连嘴都张不开了，只听得自己心怦怦直跳，耳朵嗡嗡发响。

"他接着说道：

"'我不是坏人。'

"她还是一句话也不说，可是一阵慌乱使两只膝盖并到一起，金币就像雨水顺着檐槽往下淌一样滑到地毯上。

"那人惊诧地望着这哗哗滑落下来的金币，突然一下弯身去捡。

"她大惊失色站起身，把所有的钱币全都撒在了地上。她冲向车门想跳车，然而那人看出她想干什么，一个箭步冲过来，一把抱住她，按她坐了下来，然后捏住她的两只手腕说：'请听我说，夫人，我不是坏人。我这不是撒谎骗人，您看，我马上把钱给您捡起来。不过，假若您不想帮我过国境，我就完了，我就只有死路一条。现在我不便对您细说，再过一个钟头我们就到俄国境内最后一个车站，一小时二十分钟后我们就越过俄国国境了。假若您不肯救我，我就完了。可是，夫人，我一没有杀人，二没有偷盗，也没有做出任何败坏名誉的事情。对此，我可以向您发誓。其他我就不便多说了。'

"他跪在地上捡金币，连滚到座椅下的都拾起来，最后还把滚到旁边远一点地方的也都一一找了回来。等那小小的皮口袋重新装满，他便一言未说把口袋递给夫人，然后回到车厢另外一个角落坐下。

"他们两人谁也不动弹。她木然待着，默不作声，刚才一阵恐惧，这时她还觉得浑身发软，不过心情慢慢平静了下来。至于他，绷着脸，板着身，什么动静都没有，总是直直地坐在那儿，两眼直勾勾地朝前望着，脸色刷白，简直就像已经死了似的。她时不时地朝他迅速瞟一眼，又连忙把眼光转开。只见这人30岁上下，长得很英俊，看模样完全像是位绅士。

"火车在墨黑的夜色中疾驶，凄厉的汽笛声直刺夜空，有时徐徐行驶，接着又全速飞驰。但是火车又蓦地放慢车速，鸣响几声汽笛，最后完全停了下来。

"伊凡来到车厢门口听候吩咐。

"这时玛丽伯爵夫人说话的声音都在发颤，她朝那位奇怪的旅伴最后打量了一番，然后又凶又狠地对跟班说：

"'伊凡，你回伯爵那儿去，我这儿可以不用你了。'

"仆人茫然失措，瞪大了眼喃喃说道：

"'可是……夫人……'

"她却接着说：

"'不，你不用来了，我已经改变主意。我想你还是留在俄国吧，这钱是给你回去路上用的，把你的帽子和大衣给我。'

"老仆人惊得目瞪口呆，摘下帽子，又把大衣递了过去，一声不吭照着主人的意思做。主人的想法说变就变，每次心血来潮都是不得不听，这样的事他早已习以为常了，这时他也只是噙着眼泪走开而已。

"火车又开了，朝国境线驰去。

"这时玛丽伯爵夫人对旁边那人说：

"'这些东西给您，先生，您现在叫伊凡，是我的仆人。我会帮您，而且只有一个条件，就是您永远不要对我说话，不管是感谢我，还是别的什么，一个字都不许说。'

"陌生人只是欠身一鞠躬，一句话也不说。

"不一会儿火车又停下，身穿制服的官员登上车厢检查。伯爵夫人把证件递给他们，指着在车厢后面角落上坐着的那人说：

"'他是我的仆人伊凡，这是他的护照。'

"整整一个夜晚他们面对面地待着，两人谁也不说话。

"第二天早上，火车停靠德国的一个车站，陌生人下车，接着又站在车门旁边说：

"'请原谅，夫人，我违背了不说话的诺言，不过既然是我逼走了您的仆人，理应由我来替代他。您有什么吩咐吗？'

"她淡淡回答说：

"'去把我的使女叫来。'

"他离开车厢，接着就消失不见了。

"她下车去餐厅，发现那人正远远地望着她。他们都来到了芒通。"

二

说到这儿大夫停了一下，然后接着讲：

"一天我正在诊所看病，忽然看见进来一个高个子年轻人，他对我说：

"'大夫，我来向您打听玛丽·巴拉诺娃伯爵夫人的情况，我是她丈夫的朋友，不过她不认识我。'

"我回答说：

"'她的病已经治不好了，不可能再回俄国。'

"那人蓦地啜泣起来，接着站起身，踉踉跄跄地走开，仿佛喝醉酒似的。

"当天晚上我就告诉伯爵夫人，说有一个外国人过来向我打听她的健康状况。她显得很激动，一五一十对我讲了刚才我说给各位听的这段故事。最后她说：

"'我根本不认识这个人，现在他却像我的影子似的，总在我后面跟着。我每次出去都会碰见他，他总朝我看着，神情非常古怪，但他从不同我说一句话。'

"她思索了一下接着又说：

"'您看吧，我敢打赌，现在他准在我的窗户底下。'

"她从躺椅上站了起来，过去拉开窗帘指给我看，窗下果然是来找过我的那个人，他正坐在便道的长凳上，举目望着旅馆。他看见我们，便站起来走开了，中间连头都不回一下。

"就这样，我目睹了一件令人惊讶而又悲怆凄恻的事，看到了两个互不相识的人却在默默相爱。

"他爱她，真诚恳挚，仿佛得救后的野兽感恩图报，至死忠贞不贰。他知道我已经猜出他的心思，于是每天都来问我：'她好吗？'有时他远远看她走过，见她日渐虚弱苍白，每次他都会极其伤心地哭泣起来。

"她对我说：

"'这人很特别，我只同他说过一次话，可我觉得认识他似乎已经20年了。'

"当他们贴面相遇的时候，她向他打招呼，脸上挂着微笑，既庄重又迷人。我觉察出她虽然已是无依无靠，也知道自己已经无望，但她感到很幸福。我看出来了，她感到幸福是因为她得到了这样一份爱，充满了敬重，始终不渝，诗一般地热情洋溢，披肝沥胆，甘愿奉献一切。可是，她固执拘泥，说什么也不答应见他一面，也绝不想知道他的名字，同他说话。她只是说：'不，不，这样反而有损我们这种罕见的友情，我们还是彼此做一个陌生人为好。'

"至于他，他无疑也是一种堂·吉诃德式的人物，因为他从没有试着去接近她。他对自己在火车上做的愚蠢的诺言决心信守到底，永远不再同她说一句话。

"她常常长时间地虚弱无力，然而她却从躺椅上站起来，过去把窗帘拉开一条缝，看他是不是还在那儿，是不是还在她的窗下。一看见他在那儿，总在那张长凳上一动不动地坐着，她嘴上挂着微笑，回到躺椅上躺下。

"一天上午，临近 10 点钟的时候她去世了。我从旅馆出来，他满脸悲伤走到我前面，他已经知道噩耗了。

"'我想当着您的面看她一眼。'他说道。

"我挽起他的胳膊，回到旅馆。

"他走到死人床前，抓住她的手不停地吻，然后仿佛失去了理智，蓦地匆匆走了。"

大夫说到这儿又停了一下，接着又说：

"想必这是我所知道的铁路上最离奇的故事了，也应该说，人都是痴心的疯子。"

一个女人呜咽道：

"这两个人并不像您想的那样呆痴……他们是……他们是……"

但是她扑簌泪下，再也说不下去，大家立即改变话题让她平静下来，她究竟想说什么，也就不得而知了。

小酒桶

——献给阿道夫·塔韦尼埃

埃普勒维尔镇的客栈店主希科老板把双轮小马车停在玛格卢瓦老妈妈的大院前。这位老板 40 岁上下，高个儿，满面红光，大腹便便，算得上是个精明人。

他把马拴在栅栏的木桩上，然后走进院子。他有一块地紧挨着玛格卢瓦老妈妈的地。他瞄上人家那块地已经有好些年头了，不知多少次想把那地买下来，但是玛格卢瓦老妈妈就是不肯卖。

"我在这块地上生，以后也在这块地上死。"老妈妈说。

他一进院子就看到老妈妈在门口削土豆。老妈妈 72 岁了，又干又瘦，满脸皱纹，人已经佝偻，可总像大姑娘似的干活不知道累。希科在老妈妈的背上亲切地拍了拍，然后紧挨着她在一张小板凳上坐了下来。

"呃，老妈妈，身子骨一直好吧？"

"还算不错，您呢，普鲁斯佩老板？"

"呃，呃，闹点小毛病，要不真是称心如意了。"

"嗯，这就好。"

接着她就不吭声了，希科在旁边看她干活。只见她的手指像钩子，疙疙瘩瘩长了结节，硬邦邦仿佛螃蟹爪，抓柳条筐中青灰色土豆的时候活像什么钳子。她一手捏土豆飞快旋转，一手拿一把旧刀削，刀锋下卷出一长条一长条的皮来。土豆削成一色黄，她就往水桶里一扔。三只胆大的母鸡一只接着一只过来，一直走到她的裙子下面啄土豆皮，啄到一块皮就叼在嘴里慌慌张张地跑开。

希科面有难色，又像犹豫不决，又像忐忑不安，似乎有什么话已经到嘴边上了，但就是说不出口。最后他终于横了心开口说：

"您说，玛格卢瓦老妈妈……"

"您找我有事？"

"那块地，您真的不想卖给我？"

"这事，不行。您别打这主意。话已经说清楚，早就说清楚，您就别再提了。"

"我想到了一个办法，两全其美，对我们谁都合适。"

"什么办法？"

"可以这么着，您把地卖给我，卖完地还是归您留着。您听不明白？您听我说下去。"

老太婆停下不削土豆了，布满皱纹的眼皮耷拉着，那双炯炯有神的眼睛却紧紧盯着客栈老板。

希科老板接着说：

"我仔细给您说说。每个月我给您 150 法郎。您可听清楚了，每个月我坐我的双轮马车过来，交您 30 枚银币，每枚是 5 法郎的。其他一概不动，什么都不动。您还在您这儿待着，您不用管我，您也不该我什么。您拿我的钱就是了，您说行吗？"

希科老板两眼望着老妈妈，乐呵呵地一副好心境的样子。

老太婆半信半疑，打量起希科老板，想弄明白这里有什么圈套。她问道：

"这些都是说为我怎么着，可您呢，这地还是没有给您？"

希科接着说：

"这事您就不用操心了。上帝让您活多久，您就在这儿待多久。您这是在您自己家里。只是，您得去公证人那儿做张文书证明，说好等您死后地归我。您没有儿女，几个侄子您也不怎么放心上。您看这样行吗？您活到什么时候，您的产业就留到什么时候，我每月给您150法郎。您拿这钱纯粹是进账。"

老太婆茫然失措，疑虑重重，不过心有点被说动了，她回答说：

"我看不是不可以，只是我得琢磨出个理来才行。下星期您再来谈吧，我有什么主意到时候告诉您。"

希科老板走了，心里高兴得像国王征服了一个国家似的。

玛格卢瓦老妈妈再三琢磨这事，当天夜里一夜没有合眼。整整四天她烦躁不安，总是拿不定主意。她嗅出这里面肯定有什么坏点子，然而想想每月有30枚银币，这白花花、叮当作响的银币就像从天上掉下来似的滚到她的围裙中来，而她自己却什么也不用干，一想到这儿，她就馋得心里直发痒，再也忍不住了。

于是她去找公证人，把她这事说了一遍。公证人劝她答应希科说的办法，但钱不应该是30枚银币，而是5法郎一枚的50枚银币，因为她的地少说也值6万法郎。

"假如您还有15年好活，"公证人说，"照我这么算，他也只付了4万5千法郎。"

老太婆想想能每月拿到5法郎一枚的50枚银币，不禁簌簌颤抖起来。但她还是疑神疑鬼的，生怕弄出一大堆事先没有想到的事情，怕有什么藏奸耍滑的地方，她问了一个问题又问一个，到傍晚都下不了决心走。最后她总算叫公证人准备文书，自己昏头昏脑回了家，好像喝了四大罐新酿的苹果酒似的。

希科过来听回话，老太婆让人家求了半天，嘴上只是说不愿意，可心里七上八落直怕希科不肯给 5 法郎一枚的 50 枚银币。希科一个劲儿地求，最后老太婆把她的意思挑明了。

希科急得跳了起来，他大失所望，一口回绝了。

这时为了让希科同意，老太婆开始数她的道理，说她还可能活多少年头。

"我活不过五六年，肯定的。我眼下 72 岁，到这年纪身子骨硬实不了。那天晚上我都觉得自己要过去了，浑身上下仿佛都被掏空发软，人家只得抬我上了床。"

但是希科没有轻易上当。

"行了，行了，老东西，您身子结实得就像教堂的钟楼，至少能活到 110 岁，我死了您还能给我送葬，真的。"

谈来谈去磨蹭了一整天，老太婆到底也没有让，最后客栈老板答应给 50 枚银币。

第二天他们签了文书，玛格卢瓦老妈妈还愣要走了 10 枚银币的酒钱。

三年过去了，老太婆像有魔法保护似的身体一直很好，似乎没有减过一天寿。希科急了，觉得这年金他付了足有 50 年，他上当受骗了，倾家荡产。每隔一些日子他就过去看看老太婆，就像 7 月到地里看看麦子是不是熟透可以开镰收割一样。老太婆在家招呼他，眼里总有一丝狡黠的神情，简直可以说，老太婆心中好不得意，觉得自己向他要的这一手确实高明。希科总是扭头上了他的双轮马车，嘴里嘟嘟囔囔地说：

"老菜帮子，您死不了啦！"

他不知道怎么办才好，一见到她恨不得把她掐死，恨得咬牙切齿，可又不敢发作，农民被偷以后的恨就是这样子。

于是他琢磨怎么对付。

终于有一天他搓着双手来看老太婆，那神情同他当初第一次来谈这笔生意的时候一模一样。

闲聊了几分钟后他说道：

"您说，老妈妈，您路过埃普勒维尔镇的时候，为什么不到我店里吃顿饭？人家可说闲话了，说什么我们闹别扭作对了，我听了真伤心。您知道，您来我店里吃不用付钱，我不是那种连顿饭都舍不得的人。您什么时候想来就来，不要客气，您来我反倒高兴。"

玛格卢瓦老妈妈一点也不推让，第三天她赶集去了，雇工塞勒斯坦给她赶车，到了希科老板的客栈她大模大样把马牵进马厩，然后叫店里把老板说好的饭端上来。

老板喜笑颜开，把她当贵妇来招待，给她上了鸡、带猪血的和带猪下水的两种香肠、羊后腿以及肥肉炖卷心菜。可她几乎没有怎么动，她自小省吃俭用，只要有浓汤和抹黄油的面包皮吃就够了。

希科大失所望，一再请她吃。可她滴酒不沾，连咖啡也不喝。

他问道：

"您来一小杯总是可以吧？"

"啊！一小杯，行，我看不是不可以。"

希科扯开嗓子，冲着整个店堂喊了起来：

"罗萨莉，拿白兰地，拿好的，最高档的。"

女仆过来，手里拿了一只细长的瓶子，瓶子上贴了一片纸剪的葡萄叶。

希科斟了满满两小杯。

"尝尝，老妈妈，这可是好酒。"

老太婆慢条斯理小口抿起来，抿一口呆半天，慢慢品滋味。等把一杯都喝完了，她把杯子扣过来喝得一滴不剩，然后说：

"不错，是白兰地。"

她话音未落，希科就已经给她斟上了第二杯。她想拦也来不及了，于是像喝第一杯那样，慢悠悠地把酒喝干。

希科要给她斟上第三巡酒，但她不肯再喝了。希科盛情劝酒说：

"这酒，简直就是牛奶，您看吧，我能喝10杯，12杯，啥事也没有。喝到嘴里像糖似的，不伤胃，也不上头，真可以说到舌头上就化了。要说对身体好，什么也比不上这酒！"

其实老太婆心里是想喝，她也就不再推了，但只喝了半杯。

这时希科大发慷慨，高声喊道：

"好呀，既然您爱喝，我就送您一小桶，也好让您看看，我们俩永远是好朋友。"

老太婆什么也没有说，带着一丝醉意走了。

第二天客栈老板来到玛格卢瓦老妈妈家的院子，从他马车上卸下一只箍了铁圈的小木桶。接着他让老太婆尝桶里的酒，好叫老人家知道桶里的是跟昨天一模一样的白兰地。两人都喝了三杯，他走的时候说：

"还有一句话，您是知道的，喝完了还有呢，您就不用客气。我这人不小气，这酒喝得越快，我心里越高兴。"

他登上他的双轮马车走了。

四天后他又来了。老太婆正在门口，忙着把面包一小块一小块地切开，吃的时候好蘸浓汤。

希科走了过来，先问了一声好，然后冲着她鼻子说，想乘机闻闻她呼出的气有什么味没有，果然他闻到一股酒气，他的眼顿时眯眯笑开了。

"您不请我喝一杯？"他说道。

他们一起喝了两三杯。

没有过多久当地就传开了，说玛格卢瓦老妈妈常独自酗酒，喝得烂醉如泥，有时倒在她家厨房，有时倒在她家院子，有时倒在附近路上，像死人似的没有一点活气，只得抬她回家。

希科没有再去她家，人家对他讲起这乡下老妇人的时候，他就愁容满面，一边嗫嚅说道：

"到她这把年纪染上这种恶习，可不是背运吗？您看看，人老就不可救药了，她最终是要倒大霉的！"

果然她倒了大霉。第二年临近圣诞节的时候，她喝醉倒在雪地上死了。

希科老板接过她那块地，他还说：

"这老妈妈，她要是不好酒，准能多活 10 年。"

贝洛姆老板的虫子

　　驶往勒阿弗尔的公共马车马上就要从克里克托出发了，乘客都在小马朗兰德经营的贸易客栈前的院子里等着点名上车。

　　这是一辆黄颜色的马车，车轮原先也是黄颜色，只是上面积满了泥土，都快变成灰色了。四只轮子前轮小，后轮高大而单薄，上面架的车厢十分难看，鼓鼓囊囊活像牲口的大肚子。车厢前套着三匹白色劣马，一眼望去只见三只大脑袋和又圆又粗的膝盖，而这几匹劣马要拉的车粗大笨重，样子简直吓人。套在这么一辆不伦不类的车厢前，那几匹马似乎都已经昏昏入睡了。

　　车夫叫塞泽尔·奥拉维尔，小个子，肚子又肥又大，不过因为总要在车轮上登上登下，在车厢上爬上爬下，人倒还是非常灵活；旷野上风大，加上大雨淋、狂风刮、自己又爱喝几小杯，这脸长得红不棱登；两只眼睛因为风吹和雹子打总在眨巴。这时他一边用手背擦嘴，一边来到客栈门口。几个农妇在那儿木头人似的待着，脚前摆了好几只又圆又粗的篮子，里面塞满了惊恐万分的鸡鸭。塞泽尔把这些篮子一只接一只提起放到车厢顶上，接着往顶上放鸡蛋篮子，放的时候比较小心，然后从下面往上扔几只不大的谷物口袋以及用手巾、布片或者纸包起来的小包，最后他打开车厢的后门，从口袋掏出一张名单开始点名：

　　"戈尔热维尔村的神甫先生！"

神甫走过去，这是个高个儿，身强力壮，虎背熊腰，脸色绛红，一副和蔼可亲的样子。他像女人撩裙子似的撩起身上穿的长袍，抬脚钻进车厢。

"罗勒博斯克村小学的老师！"

老师是个瘦高个儿，穿一身拖到膝盖的长礼服，怯生生地匆匆走上前，跟着从打开的车门上了车厢。

"普瓦雷老板①，两个座位！"

普瓦雷走过去，他个子很高，佝偻着腰，扶犁耕地累得背都驼了，因为舍不得吃东西，人长得瘦骨伶仃，平时想不起来洗澡，皮肤又干又瘪。他妻子长得瘦小，活像一只疲惫不堪的母山羊，两手捧着一把绿颜色的大伞紧跟着过去。

"拉博老板，两个座位！"

拉博生性优柔寡断，不禁迟疑起来，问道：

"你喊的是我吗？"

车夫外号叫机灵鬼，正想作弄一下，拉博已经把脑袋伸进车门，妻子从后面一推，他趁势登了上去。他妻子身材魁梧，长得四四方方，粗大圆鼓的肚子像只木桶，两只手大得像洗衣服的棒槌。

拉博像耗子钻回洞似的钻进车厢。

"卡尼沃老板！"

只见一个比牛还要重的大块头庄稼人钻进黄颜色车厢，压得车厢的弹簧都弯了下来。

"贝洛姆老板！"

又高又瘦的贝洛姆走过去，脖子朝一边歪着，龇牙咧嘴一副痛苦的样子，耳朵上扎了一条手巾，看样子他正牙疼得受不了。

---

① 法国农村旧俗，称当家农民为老板。

所有的人全都穿蓝罩衫，里面是怪里怪气的老式呢上衣，有的是黑色的，有的是暗青色的，这都是他们准备到了勒阿弗尔大街上露在外面的礼服。他们脑袋上全都戴了一顶像塔一样高高耸起的丝绸鸭舌帽，这是诺曼底乡下最优雅的打扮。

塞泽尔·奥拉维尔把车厢门关上，然后爬上自己的座位，啪的一声抽响鞭子。

那三匹马似乎睡醒了，脖子来回晃动，发出一阵隐隐约约的铃铛声。

车夫于是声嘶力竭地吆喝起来："驾——"用鞭子接连抽那几匹马。马都被抽急了，总算使劲一瘸一拐地慢慢吞吞跑起来。马后面车厢上的玻璃框以及弹簧上的铁片一直在晃动，响起一阵阵吓人的敲打铁皮和玻璃的声音，车上坐着的一排排乘客颠得抛起落下，东倒西歪，车子怎么颠簸，他们就跟着怎么晃动。

因为有神甫在，大家都十分拘谨，出于对他的尊重一开始谁也没有说话。但神甫这人脾气随和又爱说话，他最先开口说了起来。

"怎么样，卡尼沃老板，"他说道，"您觉得还称心吗？"

这粗壮的庄稼人不论是块头，还是脖子或者肚子都同神甫不相上下，他笑眯眯地回答说：

"还可以，神甫先生，还可以，您呢？"

"噢！我吗，一直都不错。"

"您呢，普瓦雷老板？"神甫问道。

"噢！我吗，还算可以，只是今年油菜几乎不会有什么可收的了，就这事，总得想办法捞回来才行。"

"天不由人，今年天气不好。"

"说得太对了，天气糟透了。"拉博老板的大块头老婆说道，嗓门大得简直就像宪兵在说话。

这女人是附近村子的人，神甫只知道她叫什么名字。

"是您，拉布隆代尔？"他说道。

"没错，拉博娶的是我。"

干瘪枯瘦的拉博有点不好意思，但很得意，微微笑着点头，头直往前面弯下去，仿佛是要说："拉布隆代尔正是嫁给我拉博做老婆。"

贝洛姆老板总拿手巾捂着耳朵，这时忽然痛苦地哼哼起来，一边"哟……哟……"地喊，一边跺脚，意思是说他这时疼得实在难受死了。

"您是不是牙疼？"神甫问道。

这庄稼人一时不哼了，回答说：

"不是，神甫先生……不是牙疼，是耳朵疼，耳朵里面疼。"

"您耳朵里有什么东西吧？是不是耳屎？"

"我不晓得是不是耳屎，不过我有数，这是一条虫子，一条很大的虫子钻到耳朵里去了，因为我在干草房躺在草垛上睡了一觉。"

"虫子？您不会弄错吧？"

"我会不会弄错？绝对不会弄错，神甫先生，一直在我耳朵里啃，简直要把我脑袋瓜吃了似的！噢！哟……哟……哟……哟……"他又跺起脚来。

车上的人全都来了兴致。

大家纷纷出点子。普瓦雷说里面是蜘蛛，小学老师说是条毛虫。他在奥恩省的尚普米雷待过六年，有一次见过这事，这毛虫钻进脑袋，后来从鼻子钻出来。那人这一只耳朵从此以后就聋了，因为耳膜破了。

"像是什么小虫子。"神甫说道。

贝洛姆头朝一边歪着靠在车门上——他是最后上的车，嘴里不停地哼哼。

"噢！哟……哟……哟……我觉得是只蚂蚁，是只大蚂蚁，蜇得真狠……噢，神甫先生……正在跑……正在跑……噢！哟……哟……哟……疼死了！"

"你没有去看医生？"卡尼沃问。

"我才不去呢！"

"为什么？"

贝洛姆怕医生，心里一怕这病似乎也治好了。

他站了起来，不过还用手巾捂着耳朵。

"为什么？你有钱给他们，给这些游手好闲的人吗？去了一次，还得去两次，三次，四次，五次！这就是10法郎，真的……可这游手好闲的家伙干什么了？你说吧，这游手好闲的家伙，你说，他干什么了？你晓得吗，你？"

卡尼沃嘻嘻笑了起来。

"不晓得，我什么也不晓得。那你现在去哪儿？"

"我去勒阿弗尔找尚布勒朗。"

"尚布勒朗是谁？"

"他是方士。"

"方士是什么人？"

"方士治好了我爹的病。"

"你爹？"

"没错，我爹，那是从前的事了。"

"你爹得什么病了？"

"背上受了一股风，脚和腿都动弹不了。"

"你那位尚布勒朗是怎么给他治的？"

"他像揉面似的在他背上揉，当然是用两只手揉！揉了足足两个钟头！"

贝洛姆非常清楚当时尚布勒朗还一边念咒语，不过当着神甫他不敢说这话。

　　卡尼沃笑着说：

　　"会不会是什么兔子钻到你耳朵里了吧？一看那上面乱七八糟的东西，兔子准把这窟窿当成窝了。等着，我来把它轰出来。"

　　卡尼沃于是把手搁在嘴边做成喇叭的样子，开始学猎犬发现猎物扑过去时的叫声，一会儿尖声叫，一会儿大声吼，一会儿叽叽地哼，一会儿又是汪汪地喊。车上的人全都哈哈笑了，连平时从不笑的老师也笑了。

　　然而，贝洛姆像是生气了，觉得大家在嘲讽他，神甫赶紧把话题岔开，问拉博的大块头老婆：

　　"你们家人丁兴旺吧？"

　　"一点不错，神甫先生……养活这一大家可不容易！"

　　拉博点头同意，仿佛想说："噢！没错，太不容易了。"

　　"几个孩子？"

　　女的摆出一副郑重其事的样子，大声而又自信地回答说：

　　"16个孩子，神甫先生！15个是我男人的！"

　　拉博点点头，笑得更美了，他，拉博，一个人就有15个孩子！他老婆都承认了！所以，这没有什么好怀疑的，他感到自豪，真的！

　　这第十六个是谁呢？她没有说，十有八九是老大吧？说不定大家都知道，因为大家都没有觉得奇怪，卡尼沃也是若无其事的样子。

　　可是这时贝洛姆又哼哼起来：

　　"噢！哟……哟……哟……又在里面蜇我了！噢！疼死了！"

　　马车在博利特咖啡馆前停了下来，神甫说：

　　"给您耳朵里灌一点水，说不定能把它弄出来，您要不要试试?"

"那当然好！我试。"

车上的人全都下车，都来看怎么灌水。

神甫问人家要了一个脸盆，一条毛巾和一只水杯，叫老师按住病人的头，水一流进耳朵管就猛的一下把头转过来。

可是卡尼沃已经看见贝洛姆耳朵管了，他倒要看看难道用肉眼就看不见那小虫子，这时喊道：

"活见鬼，里面都成什么酱了！得把这酱掏出来，老伙计！要不你那兔子根本没法从酱里爬出来，酱把它四只爪子都黏住了。"

神甫跟着仔细看了看耳朵管，也说耳朵管太窄，里面塞满了黏黏糊糊的东西，没有办法把小虫轰出来。于是老师用火柴棍和小布片把耳朵管擦干净，大家不安地看着，神甫朝这已经擦干净的耳朵管倒了半杯水，水顺着贝洛姆的脸流进他的头发，流到他的脖子上。接着老师猛的一下把脑袋朝脸盆转过去，仿佛要把这脑袋旋下来似的。几滴水滴进白脸盆，全车的人都把脸凑过去看，根本没有什么虫子从里面爬出来。

可这时贝洛姆却大声说："我觉得里面没有东西了。"神甫得意地说："没错，这虫子已经淹死了！"大家都很高兴，全都上了车。

不想车刚走，贝洛姆又哇哇穷叫起来。那虫子苏醒过来，变得十分凶猛。他甚至说这虫子现在钻进他脑袋瓜，正在嗫他的脑子。他嘴里吼，身子来回扭，普瓦雷的老婆以为他这时被魔鬼缠身，不禁呜呜哭起来，于是赶紧画了一个十字。后来疼得稍微好些了，病人说这东西在他耳朵里转圈，他还用手指学那虫子转圈的样子，好像他看见了，还看见它怎么转似的："你们看，又往上爬了……哟……哟……哟……疼死了！"

卡尼沃烦了："是水让这虫子气疯的，它说不定喜欢喝酒。"

大家都笑了起来，他接着说："到布尔伯咖啡馆，给它来点烈酒，它就不动了，我可以向你发誓。"

可是贝洛姆已经疼得顶不住了，好像揪他魂似的嚎了起来，神甫只得扶住他的脑袋。大家叫塞泽尔·奥拉维尔见到有房子的地方就停下来。

马车在路边一家庄园停了下来。大家把贝洛姆抬进庄园，让他躺在餐桌上，准备再给他弄弄。卡尼沃一个劲地说水里得掺点烈酒，这样可以把虫子灌醉，让它睡着，说不定还能把它杀死。可是神甫觉得还是掺醋好。

这一次把掺了醋的水一滴一滴往耳朵里灌，让水一直流到最里面，然后又让水在这有虫子的耳朵里闷了几分钟。

脸盆又一次端了过来，神甫和卡尼沃两个大胖子一下把贝洛姆翻转身，老师用手指弹那只好的耳朵，想把另外一只耳朵里的东西弹出来。

塞泽尔·奥拉维尔一手握着鞭子，也走进来看热闹。

大家突然看到脸盆里有一个黑不溜秋的小点，比葱头籽大不了多少，想不到这小点自己还在动。原来是一只跳蚤！大家惊得纷纷嚷了起来，接着发出哄的一阵大笑。原来是只跳蚤！哈哈！这跳蚤还活蹦乱跳，一点事都没有！卡尼沃乐得直拍大腿，塞泽尔·奥拉维尔竟抽起鞭子来，神甫像嗷嗷直叫的驴子笑得上气不接下气，老师哈哈笑得好像在打喷嚏，而那两个女人乐得轻轻笑出声，活像母鸡咯咯似的。

贝洛姆坐在桌子上，两手捧着脸盆，绷着脸目不转睛地看这小虫子，眼睛里流露出一道又是恨又是高兴的眼光，这小虫终于被制伏，只见它在水滴中直打转。

他嘟囔着说："你出来啦，你这死东西！"说完就一下把它捻得粉碎。

车夫开心得简直要疯了，不停地说："一只跳蚤，一只跳蚤，哈哈！你可是跳蚤爷了，跳蚤爷，跳蚤爷!"

接着他稍微安静了一点，又喊了起来："走，上路！这已经耽误不少工夫了!"

乘客们还在笑个不停，一个个朝马车走去。

可是，贝洛姆走在最后面，这时喊道："我得回克里克托，这个时候我去勒阿弗尔啥事也没有。"

车夫对他说：

"要回去没有关系，但你得付路费!"

"我给你半价，因为我还没有走完一半路。"

"你得付全价，因为你定的位子是全程的。"

两人争起来，不一会儿就吵得脸红耳赤都急了，贝洛姆发誓说只给20苏，塞泽尔·奥拉维尔一口咬定说得给他40苏。

两人鼻子对着鼻子，眼对着眼直嚷嚷。

卡尼沃从车上走下来。

"首先你得给神甫40苏，听见没有？你还得请大家喝一杯，就算55苏，然后你再给塞泽尔20苏。这行不行，机灵鬼?"

车夫看到这样贝洛姆得付3法郎75苏①，他很高兴，回答说：

"行!"

"喂，付钱吧。"

"我才不付钱呢，首先，神甫又不是什么医生!"

"你要是不付钱，我就把你扔到塞泽尔的车上，拉你到勒阿弗尔去。"

---

① 按上文计算，似应为3法郎55苏，或5法郎15苏（1法郎合20苏）。

大块头拦腰一把抱住贝洛姆，像举个小孩似的把他举了起来。

　　贝洛姆一看自己只有答应才行，于是掏出钱包付钱。

　　马车接着上路去勒阿弗尔，贝洛姆则转身回克里克托。这时车上的乘客谁也不说话，望着那庄稼人倒着一双长腿往前走，只见白茫茫的路上蓝罩衫一摇一晃。

老　人

　　秋阳越过沟边一棵棵高耸的山毛榉树顶，照在农家小院地上，一片温煦和暖。母牛已把地上的青草啃平，刚下过一场雨，草根下的泥地吸足了水，潮乎乎透着湿气，脚一踩就是一个坑，叽咕一下响起水的响声。苹果树都挂满了果子，牧草绿中带墨，只见嫩绿的苹果星罗棋布点缀其间。

　　四只并排拴着的牛犊正在吃草，时不时朝屋子哞地叫一声。牛栏前面的一群鸡走来走去，圈肥堆中不仅有了生气，也有了几分鲜艳。母鸡一边咯咯叫，一边用爪子在地上又是刨又是翻，两只公鸡不停啼鸣，忙着为母鸡找小虫吃，找到便急忙咯咯地叫母鸡过去。

　　木栅栏的门一下打开，有个男人走了进来。他可能是40岁的人，可那样子老得都有60岁了，满脸褶皱，腰也弯了，走路的步子倒是很大，但走得慢悠悠，脚步很重，脚上穿的木鞋不但笨重，而且里面塞满了干草。他的两只手臂长得很长，耷拉在身体两侧往下垂着。在他快走到院子的时候，拴在一棵高大梨树下的小黄狗，挨着边上当狗窝用的木桶直摇晃尾巴，接着又汪汪叫了起来，显出一副欢快的样子。男人喊了一声：

　　"坐地上，菲诺！"

　　狗顿时不叫了。

屋子里出来一个农妇。她穿了一件小腰身的羊毛短上衣，瘦骨嶙峋的身子又扁又宽分外明显。灰色的裙子过于短小，只遮了半截大腿，裙子下面是蓝颜色的长筒袜，脚上穿的是塞满干草的木鞋。稀稀落落的几缕头发紧紧贴在脑袋上，戴的白颜色的无边软帽都已经发黄。脸又黄又瘦，长得非常难看，牙也掉了，一副乡下人那种粗野、愚鲁的模样。

男人问：

"他怎么样？"

女人回答说：

"神甫先生说就等咽气，今天夜里他都过不了。"

两人一起进了屋。

他们穿过厨房，进了睡觉的屋子。屋子又矮又黑，只是靠了一块窗玻璃才勉强有点亮光，玻璃上还搭着一件破破烂烂的诺曼底印花布衣服。横架在两边墙上的几根房梁年久发黄，被烟熏得黑不溜秋，托着一层薄木板。上面是小阁楼，白天黑夜都有成群的耗子在那上面穿来穿去。

凹凸不平的地潮乎乎，像涂了一层油似的，屋子最里边是床，模模糊糊。从这黑黢黢睡人的房间传出一阵阵不紧不慢的嘶哑声，有人在艰难地喘气，呼哧呼哧之外还能听到咕噜咕噜的声音，好像什么破唧筒正在抽水，原来那儿躺了一个奄奄一息的老人，他是农妇的父亲。

男人和女人都走了过去，无奈而又平静地朝临死的人看了一眼。

做女婿的说：

"这一回真的是没有救了，他过不了今天夜里。"

农妇接着也说：

"从中午开始他就一直这样呼哧呼哧地倒气。"

然后两人都没有再说什么。老人两眼紧闭，脸色像泥土一般，人干得仿佛木柴。他的嘴微微张着，艰难地发出咕噜咕噜的声响，嘴里喘一口气，蒙在胸膛上的布毯就往上隆起一下。

一阵沉默之后女婿说：

"只能等他自己咽气，我是没有什么办法了。可是不管怎么说，这可要耽误移油菜秧了，天这么好，地里的秧明天得移栽。"

妻子想起这事也发了怵，她想了一会儿，然后说：

"他是快不行了，不过星期六以前还葬不了，你明天一天可以弄油菜秧。"

庄稼人想了想，说：

"是呀，不过请了亲戚来才能埋人，请他们都来，我从图尔维尔到玛内托走一趟就得五六个钟头。"

女人想了两三分钟，说：

"现在还不到 3 点钟，你今天夜里就可以开始报丧，图尔维尔这一边先跑完，你就说他已经过去，反正他十有八九缓不过来了。"

男人心神不定地呆呆站了一会儿，心里正琢磨这主意是好还是不好，最后他说：

"那好，我就去。"

他正要走，又回转身，一阵犹豫之后说：

"你现在也没有什么事情要做，先把熟苹果摘下来，做上 40 来个苹果团子，埋的时候请人来就用这招待他们。压榨机棚下面那捆小细柴已经干了，你给炉子生火就用这柴吧。"

他从睡觉的屋子出来回到厨房，打开橱柜拿了一块六斤重的面包，小心仔细地切了一段下来，把掉在桌上的面包屑拢进手心一下扔进嘴里吃了，一点面包屑都舍不得糟蹋。接着，他用随身带的刀子尖伸进一只棕色的瓦罐底，挑了一点咸黄油往面包上抹，然后慢条斯理地吃起来，他做什么事都是这么不慌不忙。

吃完他穿过院子，小狗又尖声叫起来，他一声呵斥狗就不叫了。他走出院子，上了旁边贴着土沟的小路，朝图尔维尔方向走去。

女人一人留在家里，立刻干起活来。她打开面粉箱，和面做苹果团子。光是揉她就用了很长时间，翻过来转过去，又是压又是挤，一遍一遍地揉，最后揉成淡黄色的一大团放到桌子角上。

于是她去摘苹果。她不用长竿打，怕把树打坏，而是踩着木凳上树摘。她小心翼翼地挑熟了的果子摘，摘下用围裙兜住。

路上响起一个声音喊她。

"喂，希科太太！"

她转过身去，原来是住她家附近的村长奥西姆·法韦先生，他吊着双腿坐在运肥车上，正往自家地里送肥。她转身回答说：

"奥西姆先生，有什么事要我帮忙吗？"

"老头怎么样了？"

她喊道：

"差不多已经咽气了，地里的秧催得紧，星期六 7 点就下葬。"

邻人说：

"行，只要顺当就好，您自己多注意。"

人家是客气话，她也就随口回答说：

"谢您了，大家都顺当，您也多注意。"

接着，她又摘起苹果来。

摘完一回家她先去看一眼父亲，满以为他已经死了。可是她刚走到门口，就听见他那倒气的一成不变的呼哧声，觉得用不着白耽误工夫走到床边看了，于是她开始做苹果团子。

她把苹果逐个儿用薄薄的一层面裹上，然后整整齐齐码在桌子边上。她一共做了 48 个团子，每 12 个摆成一排，一排接一排码好。这时她想该做晚饭的浓汤了，于是把锅子放到火上煮土豆，她想这一天用不着把炉子点着，明天再把所有的苹果团子烤出来还来得及。

5 点钟光景她男人回来了，他一迈进门槛就问：

"他断气了没有？"

她回答说：

"没有，总这么呼哧呼哧地倒气。"

两人一起过去看，老头完全还是原先的那副样子。他发出的喘息依然嘶哑，不紧不慢，仿佛就是座钟来回摆着的钟摆，既没有加快，也没有减慢。滴答一秒他呼哧喘息一次，只是声音因为胸腔里的气有进有出而有所不同。

女婿看了老头一眼，接着说：

"他跟蜡烛一样，不去想他他自己就灭了。"

两人一起回到厨房，一句话也不说，只顾埋头吃晚饭。他们喝完浓汤，接着又吃了一块抹黄油的面包，然后碟子一收拾完毕，他们又来到临终老人躺着的房间。

女人拿了一盏灯芯直冒烟的小油灯朝她父亲脸上照了一圈，要不是他还在喘气，谁看了都会说他肯定已经没气了。

夫妻俩的床在房间的另外一头，藏在一块凹进去的地方。两人一声不吭上了床，把灯灭了，闭上眼睛。不一会儿就响起两个不一样的鼾声，一个闷声闷气，一个尖声细气，垂死老人呼哧呼哧的倒气声也总在一旁响着。

阁楼上的耗子东奔西窜地跑个不停。

天刚蒙蒙亮男人就醒了，老丈人还活着，老头挺着不死弄得他心神不定了，他把妻子推醒。

"你说，菲妮，他不想断气，你说怎么办？"

他知道妻子会有好点子。

她回答说：

"他过不了今天，真的，没有什么好发愁的。村长没有说明天下葬不行，雷纳尔老爹就是第二天下葬的，他死时正好是下种季节。"

这理说得非常明白，他心服口服，下地干活去了。

妻子在家烤苹果团子，然后干家里的活。

到了中午老头还没有死。雇来移秧的短工一群一群地进来看这迟迟不肯断气的老家伙，每个人都说了几句，然后回到地里干活。

晚上6点钟收工的时候，老爷子还在倒气，女婿终于慌了：

"都拖到这个时候了，你说怎么办，菲妮？"

她也不知道怎么办才好。他们去找村长，村长说他睁一眼闭一眼就是了，答应他们明天就可以下葬。他们又去找村医，村医也肯给希科老哥帮忙，答应开死亡证书时把日期提前。夫妻两人这才放心回了家。

他们同昨天一样上床睡了，他们响亮的呼气声同老人微弱的倒气声此起彼落响个不停。

等他们醒来，老人还是没有死。

这一下他们可六神无主了。他们在老爷子床头站着，眼睛直盯着他，心中疑神疑鬼，仿佛老人恶作剧作弄他们，欺诈他们，存心气他们，他们对老人最恨的是他竟然耽误了他们这么多工夫。

做女婿的问：

"怎么办？"

她也没有了招数，只好回答说：

"说来说去真是烦人！"

请的客人眼看就要来了，再去告诉他们已经来不及，夫妻俩决定等客人来了再说，可以当面把事情解释清楚。

7点差10分的时候，第一拨客人赶来了。女人都穿了黑衣服，头上蒙了大面纱，过来的时候一个个哀伤悲痛绷着脸。男人都穿了呢子上衣很不自在，走路的样子更像是故意装的，他们两个两个地走，一边走一边聊什么事情。

希科老板夫妻俩忐忑不安，一边招呼客人，一边唉声叹气。正同第一拨客人搭着话，这夫妻两人突然同时哭了起来。他们一边都说事情太意外了，又讲他们如何为难，一边搬椅子招呼客人坐下。他们一个劲儿地说，为自己开脱，一心想表明谁遇到这种事都会像他们这样做的，顿时他们变得喋喋不休，不让任何人回话。

他们跟这个人说完接着又找那个人再说一遍。

"我们怎么也没有料到竟是这样，真是想不到，他居然能这么硬挺着。"

客人一个个目瞪口呆，也有点失望，仿佛错过了一心盼着的大典似的，不知道该怎么办，只是呆呆地站着或坐着。有几个人想走，希科老哥把他们拦住。

"总得吃点东西吧，我们烤了苹果团子，大家总该尝尝。"

一想到有苹果团子吃，一张张脸全都笑开了。大家低声聊了起来，小院渐渐挤满了人，早来的人对后到的人说了说是怎么回事。大家都在交头接耳说话，想到还有苹果团子吃，所有的人都喜笑颜开。

女人都进屋看了一眼快要死的人，站在床前画十字，唧唧咕咕祈祷一句，然后走了出来。男人对这种事就没有那么急切了，只是透过打开的窗口朝里面瞟了一眼。

希科太太向客人说老头将死不死是怎么回事。

"前天起他总是这么倒气，没有变快也没有变慢，声音没有变高也没有变低，你说像不像抽不上水的唧筒?"

客人都看过临终的老人，想起该吃东西了。可是来人太多厨房站不下，于是把桌子搬到门口前面。放在两只大盘里的40多个苹果团子黄灿灿，香喷喷，勾得所有人的眼睛都朝那边看去。人人都伸长胳膊赶紧拿了自己的一份，只怕份数不够大家吃，可吃完还剩下四个团子。

希科老板嘴里塞得满满的，说道:

"老爷子要看见我们吃，他准伤心，他活着的时候可喜欢吃苹果团子了。"

一个胖墩墩、乐呵呵的庄稼人说:

"现在他吃不上了，谁都有这时候。"

他这话非但没有引起客人伤心，反倒像把大家逗乐了。现在是轮到他们吃苹果团子的时候。

希科太太真为这样的开销心疼，可还是不停地去放吃的东西的小屋子取苹果酒。酒一罐接一罐拿了过来，又一罐接一罐喝得底朝天。这时候大家嘻嘻哈哈，大声说话，像吃酒席一样大声嚷了起来。

一个上了岁数的农妇一直在垂死老人边上守着，想到眼前的事不久也会轮到自己身上，她胆战心惊动不了身，这时她突然走到窗口前尖声喊道:

"他过去了! 他过去了!"

谁都不说话了，女人纷纷站起急忙跑去看。

他真的死了，已经不喘气了。男人们彼此看了看然后都垂下双眼，一个个都很不自在。嘴里的团子还没有嚼完，这老东西咽气也不挑个好时候。

希科两口子这时候反倒不哭了，现在一了百了，他们踏实了，絮絮叨叨地说了起来：

"我们早知道他拖不过去，只是昨天夜里他要是下这个横心，也就不会弄得这样乱七八糟了。"

反正这是一了百了的事。星期一给他入土，顶多到时候再烤一回苹果团子。

客人还在说这事，他们看也看了，吃也吃了，终于高高兴兴地全都走了。

等到只剩下夫妻两人面对面待着的时候，女人愁眉苦脸地说：

"又得烤40来个团子！他要是昨天夜里下横心走多好呀！"

男人倒是能逆来顺受，他回答说：

"这种事情不是天天都有的。"

骑 马

这对可怜的夫妇日子过得很不容易，全靠丈夫的微薄薪水支撑着。婚后他们添了两个孩子，生活本来就拮据，现在则是到了寒微的地步，过日子自愧不如人家，只得遮遮盖盖，这种窘迫同所有穷贵族一样，明明已是捉襟见肘，偏偏还想保住他们的高贵身份。

埃克托尔·德·格里伯兰从小在外省他父亲的小庄园中长大，教他的是一位专做家庭教师的老神甫。那时家境就不富裕，但在表面上还能过得去。

后来20岁那一年，家里给他谋到一个职位，于是他进了海军部当科员，拿1500法郎的薪俸。可他在这块暗礁上搁浅了，凡是对生活中的艰辛不自小磨炼的那些人；凡是看待人生好像雾中看花，既不懂其中的诀窍，也不知道作何反抗，没有自幼培养专门才能和特定的本领，也没有培养刚烈顽强的斗争魄力的那些人；以及凡是人家从没有让他拿过武器拿过工具的那些人，都会这样在半路上搁浅。

他当科员的最初三年可把他磨苦了。

后来他遇到了几位世交好友，都是些落伍的老人，家境也都不富裕，全都住在圣日耳曼区的门可罗雀的贵族街，但他总算有一个可以走走的熟人圈了。

这些居贫的贵族同现代生活格格不入，既自卑又自傲，住在死寂寥落的高楼顶层。这种楼里从上到下的住户都是有贵族头衔的人家，可是不论是一层的还是六层的似乎都是裘弊金尽。

这些人家昔日赫赫有名，后来终因无所作为而败落，可他们脑中萦绕的是那些无穷无尽的偏见，心中挂念的是他们的地位，发愁的是如何才不至于穷途潦倒。埃克托尔·德·格里伯兰在这天地中遇见一位与他一样清苦的贵族小姐，同她结了婚。

婚后四年他们生了两个孩子。

后来的四年中这一家人还是为穷困所烦扰，唯一的消遣就是星期日到香榭丽舍大街散步，冬天晚上偶然靠一位同事送的优待券去看一两次戏。

可是这一年冬春之交的时候，上司交给他办了一份额外的差使，他得到了一笔 300 法郎的额外奖赏。

他把这笔钱拿回家的时候对妻子说：

"亲爱的亨丽埃特，我们得给我们自己犒劳犒劳了，比如说带孩子们出去玩一次。"

一番长时间的讨论之后，决定全家到乡下野餐……

"噢，"埃克托尔喊道，"偶一为之未尝不可，我们租一辆四轮无篷大马车，你自己，孩子们，还有女佣全都坐上去，我向驯马场租匹马骑，我一定会感到很受用。"

整整一个星期，全家谈的全都是关于将要去郊游的事。

每天晚上，埃克托尔办公回家后总要把他大儿子抱起来，让他骑在自己大腿上，使劲抖腿晃他，一边对孩子说：

"星期天郊游的时候，爸爸就是这样骑马。"

儿子也就一天到晚骑跨着坐在椅子上，拖着椅子满屋子转，一边喊着：

"爸爸骑马啰！"

连女佣也在想马车边上会有先生骑马陪着，不禁用赞叹的眼光看起先生来了，每一次吃饭的时候，她只听得先生一个人大谈骑马的学问，讲他过去在他父亲那儿的辉煌。噢！原来先生认真学过骑马，他两腿一夹马背骑起来，那就如入无人之境，根本没有什么好害怕的！

他好几次搓着双手，得意地对妻子说：

"他们要是给我一匹难以驾驭的马，我才高兴呢。你就看我怎么上马吧，你要是有这兴致，从布洛涅森林①回来的时候，我们可以从香榭丽舍大街绕一圈。那我们该有多风光，要是再碰上部里什么人那才好，就凭这本事，上司准会器重我。"

到了郊游的那一天，马车和马同时来到家门口。他立即从楼上下来看他的那匹坐骑，骑马用的裤脚带他早叫家里缝好了，手里挥舞的马鞭也是头天买了准备好的。

他把四条马腿逐一抬起拍了拍，又在脖子上、两肋上和小腿上按了按，用手指弹了弹腰，扳开嘴看了一下牙口，立即说出了马的岁数。这时全家人都在下楼，他正好给大家作了一席小小的讲座，既谈理论又谈实践，既泛泛地说一般的马，又专门讲这一匹他已经了如指掌的马。

家里人全都上了马车坐好，他检查马鞍子的肚带，然后踩在马镫上纵身跃起，一下扑倒在马背上。马被这么一压立刻奔跳了起来，差一点把上面骑着的人摔下来。

埃克托尔慌了，使劲想把马稳住。

"行了，别急，我的朋友，别急。"

后来马驮着人老实了，人在马背上也坐稳了，他问道：

"准备好了没有?"

---

① 位于巴黎西郊的公园。

大家异口同声回答说：

"准备好了。"

于是他一声令下：

"出发！"

一路人马浩浩荡荡出发了。

双双眼睛都紧紧盯着他，只见他学英国人骑马一路小跑，还故意在马背上纵身抬屁股，屁股一落到马背上，人接着就高高跃起，仿佛他要腾空飞起来似的。好几次他似乎快要趴倒在马脖子上了，两眼直直地朝前望着，龇牙咧嘴，双颊煞白。

他妻子膝盖上抱着一个孩子，女佣抱着另外一个，两人不停地说：

"看你爸，看你爸！"

车走人动，乐融融喜滋滋，空气又是那样清新，两个小家伙开心得乐不可支，尖声叽喳乱叫。马被这叽喳乱叫声吓坏了，突然狂奔起来，骑马人拼命想让马停下来，偏偏帽子滚到了地上，害得马车夫只好从座位上跳下去捡，埃克托尔伸出双手接过帽子，一边远远地冲着妻子喊：

"管住孩子别乱叫，你这不是催我骑马狂奔吗！"

到了韦西内树林，全家在草地上野餐，吃的东西全都用大大小小的盒子带来了。

那几匹马虽然有车夫照料，埃克托尔还是时不时地站起身，过去看看他骑的那匹马会不会缺什么。他一边抚摸马脖子，一边给马吃面包，吃蛋糕，还给它吃方块糖。

他说道：

"这家伙一路小跑真够呛，最初那一会儿可把我颠坏了，不过你也看到了吧，我很快镇静自若，它撞见高手服了，现在不敢乱蹦乱跳了。"

按他的主意，回来的时候绕道去了香榭丽舍大街。

宽敞的香榭丽舍大街密密麻麻到处是马车，马路两旁行人黑压压一片，简直像两条黑缎带，从凯旋门一直拖到协和广场。阳光四射，照得满街透亮，只见一辆辆马车上的油漆流光溢彩，钢做的鞍辔和车门上的把手金光闪亮。

密密匝匝的人群、车流和马匹全都在蠢动，全都凫趋雀跃雄姿英发，而一旁的方尖碑高高耸立，仿佛直直插进金灿灿的蒙蒙雾气之中。

埃克托尔骑的马一过凯旋门突然再次抖起精神，不顾骑手如何拼命叫它安分下来，只是一个劲儿地在滚滚车轮之间穿梭狂奔，朝前面的马房直冲过去。

这时他们的马车已经落在后面，而且落得很远了，马走到实业大厦对面的时候，看到前面一片开阔地，蓦地向右一拐，疾驰起来。

一个系围裙的老妇人不慌不忙地横穿马路，埃克托尔追风逐电般冲过来的时候，她正好走到前面，埃克托尔控制不住他骑的马，只好拼命喊了起来：

"喂！喂！喂！那边！看马！"

她可能是个聋老婆子，因为她还是那么不紧不慢地走她的路，马像火车头猛冲过来，前胸一下把老妇人撞倒，她脚朝天头着地连打三个滚，冲出十步远。

边上立刻响起一片喊声：

"拦住他！"

埃克托尔已经吓得魂不附体，死命抓住马脖子，大声喊叫：

"救人啊！"

他只觉得猛地一震，人像子弹一样从马耳朵上面飞了出去，一下扑到正好迎头赶来的一个宪兵怀里。

说时迟，那时快，一群愤怒的人把他团团围住，挥拳头的挥拳头，叫骂的叫骂。一位老先生，身上挂着一枚大圆勋章，胡子已经花白，显得特别气愤，叨叨说道：

"还得了，这样笨手笨脚就应该在家里老实待着！不会骑马别到街上来害人。"

四个男人抬着老妇人过来。她好像已经死了，脸发黄，软帽歪在一边，浑身上下全是灰土。

"抬这女人找药房去吧，"老先生吩咐道，"我们去找警长。"

埃克托尔夹在两个警察中间走，另外一个警察牵着他的马，后面还跟了一大群人。突然他们那辆四轮无篷大马车驶来，他妻子急匆匆跑过来，一旁的女佣吓昏了头，两个孩子又在叽喳乱叫。他对家人说他过一会儿就回家，因为他把一个老妇人撞倒了，不过没有什么事。家人一听慌了神，只得先走了。

到了警察分局，没有费多少工夫就把事情说清楚了。他报了姓名，叫埃克托尔·德·格里伯兰，在海军部供职。接着等撞伤的人有什么消息。派去了解情况的警察回来了。老妇人已经苏醒，但据她自己说，她身子骨里边疼得实在难受。老妇人是做女佣的，65岁，名字叫西蒙。

埃克托尔听说她没有死，顿时又有了希望，答应承担老妇人的一切医疗费用，然后急忙去了药房。

药房门口闹哄哄地挤了一大堆人。老婆子仰靠在一张椅子上，嘴里哼哼唧唧，两只手已经动弹不了，一副要死不活的样子。两名医生正在替她做检查，四肢都没有摔断，不过医生怕有什么内伤。

埃克托尔上去同老婆子说话：

"您是不是疼得很厉害？"

"噢！一点不错。"

"哪儿疼?"

"我觉得肚子里好像有团火。"

一位医生走了过来。

"是您闯的祸,先生?"

"是的,先生。"

"这位妇人应该送疗养院,我认识一家,每天收 6 法郎,要不要我效劳?"

埃克托尔喜出望外急忙道谢,然后如释重负回了家。

妻子正等他回来,哭得像泪人似的,他安慰妻子说:

"没有什么事,这西蒙老婆子已经好多了,过三天万事皆休。我已经把她送到一家疗养院,没有什么事。"

没有什么事!

第二天他办公完毕就去打听西蒙太太的情况,他发现老婆子正心满意足地吃肉汤。

"您怎么样?"他问。

她回答说:

"噢,可怜的先生,总是这样,我觉得自己快不中用了,一点起色都没有。"

医生说还得等等看,有可能出现并发症。

他等了三天,然后又过来。老婆子脸色红润,两眼炯炯有神,一见他过来就哼唧起来。

"我动弹不了,可怜的先生,动不了,到死都这样了。"

一阵寒战直往埃克托尔心里钻,他去问医生,医生举起双臂说:

"拿她没有办法,先生,我也不知道怎么办。每次想抬她起来,她就哇哇直叫唤,连挪动一下她坐着的椅子,她都会撕心裂肺地穷叫。我得相信她自己说的,先生。我又不是钻到她肚子里看病，只要我没有亲眼看见她下地走路，我就不能说她有什么撒谎的话。"

老婆子在边上一动不动，耳朵听着，眼中露出狡黠的神情。

一个星期过去了，半个月过去了，然后是一个月。西蒙太太从不离开她的椅子，她从早到晚不停嘴地吃，人也变胖了，同别的病人聊得有滋有味，似乎这样待着不动的日子她过得很习惯，仿佛50年来她上楼下楼，收拾床垫，一层一层地爬上楼送煤炭，又要扫地又要擦洗，现在理所当然是该歇歇了。

埃克托尔心慌意乱，每天都来，每天都看到老婆子逍遥自在，心安理得，嘴里还一个劲儿地说：

"我动弹不了啰，可怜的先生，我动弹不了啰。"

每天晚上格里伯兰夫人总是忧心忡忡地问上一遍：

"西蒙太太怎么样啦?"

而每一次他都是垂头丧气地回答说：

"没有起色，一点迹象都没有!"

他们把女佣辞退了，因为他们已经负担不起女佣的工钱。他们过日子更加节衣缩食，那笔额外的赏金全都搭了进去。

埃克托尔于是请来四位名医给老太婆会诊，她听任医生检查，由着他们又是摸又是按，狡黠的眼睛却在偷偷看着他们。

"应该让她下地走走。"一位医生说。

她立刻喊了起来：

"我走不了路，亲爱的先生，我走不了路!"

他们于是使劲拽着把她抬起来，硬拉着她走了几步，可她从他们胳膊上滑落出来，扑通倒在地上，一边穷叫穷喊，他们只得小心翼翼地把她重新抬到椅子上。

他们字斟句酌地谈了各自的看法，不过诊断的结论是无法干活。

埃克托尔把这消息告诉妻子，妻子顿时瘫倒在椅子上，喃喃说道：

"还是把她接到家里来吧，这样我们开销小一点。"

他一听蹦了起来：

"上我们家，你是这么想的吗？"

然而她没有答话，现在她只得听天由命，眼泪汪汪地说：

"你说怎么办，我的朋友，这可不是我的过错……"

两个朋友

　　巴黎被包围，全城在饥饿中呻吟。屋顶上的麻雀已经难得看见，下水道中的老鼠也不知去了哪儿，巴黎人现在见什么吃什么。

　　1月份的一天上午，天气晴朗，他神情忧郁，沿着城外林荫大道散步，两手插在制服裤口袋中，腹中空空荡荡。他，莫里索先生，以修钟表为业，偶尔闲居在家。这时他一下停了下来，原来他认出前面一个跟他一样的男子是他的一个朋友，河边相识的索瓦热先生。

　　打仗以前，每逢星期天莫里索先生一清早出发，手里拿根竹竿，背上背了一只马口铁小桶。他乘上去阿尔尚特伊的火车，到科隆布下车，然后步行到马朗特岛。一到这块他梦寐以求的宝地，他就开始垂钓，一直钓到天黑。

　　每个星期天他都会见到一个矮个子、胖乎乎、心情爽朗的男子，他是在洛莱特圣母街开服饰用品店的索瓦热先生，也是一个钓鱼迷。他们肩靠肩挨着，手里拿着鱼竿，两只脚吊在河水上晃来晃去，常常一待就是半天，彼此成了朋友。

　　有些日子他们一句话都不说，有的时候他们聊上几句，但是他们情趣相同感觉一致，即使一声不吭，也是心心相印。

　　春天的时候，上午10点前后阳光和煦，照得静谧的河面上飘起一层薄薄的雾气顺流而下，也照得这两个钓鱼迷背上暖洋洋，直觉得春意盎然。有时莫里索会对身旁的朋友说上一句："噢，多舒服！"索瓦热先生则回答说："我还真不知道还有什么能比这更舒服的。"这一来一去的两句话就足以使他们相互理解，相互敬重了。

秋天的时候，黄昏落日染红整个天空，照得河水中映出朵朵红云，照得河面只见一片殷红，远处天际金光闪亮，两位朋友沐浴在嫣红之中。冬天将至，萧瑟的黄叶此时此刻也被涂上一层金色，索瓦热先生笑眯眯地朝莫里索看上一眼说："这景色真美！"莫里索也是赞叹不已，两眼不离他鱼竿下的浮子，接着回答说："这比林荫大道美多了，是不是？"

两人彼此都认出来了，在如此不同寻常的时候见面真是百感交集，他们马上紧紧握手。索瓦热先生叹了一口气，轻声说道："世道变幻莫测！"莫里索黯然神伤，感叹了起来："多好的天气！今年还是第一次这样风和日丽。"

的确，天色苍苍，阳光明媚。

两人肩并肩地朝前走去，茫然若失而又愁眉苦脸。莫里索接着说："钓鱼，嗯？往事虽好，只能追怀了！"

索瓦热先生问："什么时候我们还可以去那儿转转？"

他们进了一家小咖啡馆，坐在一起喝了一杯苦艾酒，接着又来到人行道上溜达起来。

莫里索突然站起来说："再喝一杯，嗯？"索瓦热先生欣然同意："您说喝就喝。"于是两人进了另外一家小酒店。

出来的时候两人都已经是晕乎乎的了，没有吃饭的人灌满一肚子酒都会这么迷迷糊糊。天气暖洋洋，微风吹拂脸庞，他们感到非常舒服。

索瓦热先生被和风一吹更添了几分醉意，他停了下来："去那儿怎么样?"

"哪儿?"

"当然是钓鱼啰。"

"可去哪儿钓呢?"

"去我们那个小岛。法军前哨阵地就在科隆布,我认识那儿的杜穆兰上校,放我们过去不费吹灰之力。"

莫里索高兴得直瑟瑟发抖:"说定了,我去。"于是两人分手,回去拿渔具。

一个钟头后他们肩并肩地上了大路,来到上校住的小别墅。上校听完他们的要求不禁微微笑了,答应给他们放行。这样,他们拿着通行证接着赶路。

没有走多久,他们越过前哨阵地,穿过没有人再来光顾的科隆布岛,来到塞纳河边一大片葡萄园的边上,这时候大约 11 点钟了。

正对面的阿尚特伊村一点生气都没有,极目远望只见高高隆起的奥尔热蒙和萨努瓦两座山冈,茫茫旷野一直延伸到楠特尔,四下仅是荒野寂寂,除了光秃秃的樱桃树和灰蒙蒙的田野以外,空荡荡落寞一片。

索瓦热先生用手指着山冈顶轻声说道:"普鲁士人就在那上面。"面对这么一片荒野,两位朋友不禁心里发凉、两腿发软。

普鲁士人!他们还从未见过,可是几个月来他们已经感到这帮人就在巴黎四周,正在蹂躏法国,掳掠屠杀,迫使人民陷入饥馑,这帮人无踪无影,却又人多势众强大无比。对这陌生而又不可一世的民族,他们切齿腐心,又有几分出于迷信的畏惧。

莫里索喃喃说道:"噢!万一碰上他们怎么办?"

索瓦热先生却一副巴黎人的脾气,不管危急不危急都爱开玩笑,他回答说:

"我们就请他们吃油炸小鱼。"

然而四周寂然无声，他们迟疑起来，不敢贸然朝田野闯去。

最后索瓦热先生下了决心："走，上路！不过得小心点。"他们钻进一片葡萄园顺坡下去，利用前面的小树丛作掩护，忐忑不安地睁大眼睛，竖起耳朵，弯腰在地上爬着。

最后只剩下穿过一块光秃秃的空地就到河边了，于是他们快步跑了起来，一到河岸便缩成一团躲进干枯的芦苇丛中。

莫里索把脸贴在地上仔细听附近有没有走路的声音，他什么也没有听见，四下只有他们两人，除了他们再没有别的人了。

他们踏实了，于是开始钓鱼。

正对他们的是马朗特岛，上面已是渺无人迹，正好把他们挡住，对岸看不见他们。岛上的小饭馆门窗紧闭，像是人去楼空已经好几年了。

索瓦热先生先钓上了一条鮈鱼，莫里索接着也钓上了一条。他们不时抬起鱼竿，每次绳端上都挂着银光闪闪乱蹦乱跳的鱼，这鱼钓得真神了。

他们打开脚边泡在水里的网眼细密的网兜，轻轻把鱼放进去，心中美不滋儿，这种喜悦只有在重新找到一种失去多时的乐趣时才能体会到。

阳光和煦温暖，照得他们两肩暖洋洋。此时此刻他们什么声响都不去听，什么事情也不去想，忘却了周围的世界，只知道钓他们的鱼。

可是突然响起一声沉闷的声响，仿佛从地下钻出来似的，震得脚下的地都在颤悠，大炮又隆隆打响了。

莫里索抬起头，从河岸上面隐约看到前面左边的瓦莱里安山冈，只见山冈正面飘起一团白絮，原来那边山上打炮，硝烟腾空而起。

堡垒顶上紧接着又冒出一股白烟，不一会儿再一次听到隆隆炮声。

然后隆隆炮声此起彼伏，山上不时喷出死亡的喘息，吹起一缕缕乳白色的烟雾，冉冉升向宁静的天空，白云一般在山顶飘浮。

索瓦热先生耸了耸肩。"他们又开始了。"他说道。

莫里索浮子上的羽毛一次又一次地扎进水中，他正焦急地盯着，这性情温和的人突然一下火了，骂起这些残忍的疯子，嘟囔着说："如此自相残杀实在荒唐！"

索瓦热先生接着说："连畜生都不如。"

莫里索刚钓上一条鲍鱼，说道："要知道，有政府在这种事就少不了。"

索瓦热打断他的话说："好像我们共和国并没有宣战……"

莫里索打断他的话说："国王时代是在外面打仗，共和国时代是在窝里打仗。"

两人心平气和地争论起来，想拿他们有限的见识来解决这些大问题，最后在一个问题上取得一致意见，即人从来没有自由的时候。瓦莱里安山上炮声不断，炮击毁了法国人一幢又一幢的房屋，打烂了一家又一家的生活，消灭了一个又一个的生命，多少梦幻，多少企盼着的喜悦，多少期待中的幸福化为乌有，在此地以及别的国家的妻子、女儿和母亲心中投下了永不磨灭的痛苦。

"这就是生命。"索瓦热先生说。

"不妨说这就是死亡。"莫里索微微一笑接着说。

可这时他们清楚觉得背后有人走动，顿时吓得毛骨悚然。他们转过身去，只见就在他们肩膀后站着四个人，四个全副武装、胡子拉碴的彪形大汉，身上的衣服仿佛仆人穿的号衣，头上戴着平顶鸭舌帽，正举枪朝他们瞄准。

两根鱼竿从他们手中滑落，顺着河水漂走。

不过短短几秒钟的工夫，他们就被抓住，带走，推进一条小船，最后上了小岛。

他们被带到原以为已经废弃的屋子后面，看到还有二十来个德国兵。

一个浑身毛茸茸、巨人一般的军官正在吸烟，人骑跨着坐在椅子上，嘴里叼着一只硕大瓷烟斗，用非常出色的法语问他们："呃，两位，鱼钓得不错吧？"

这时一个士兵把他想着顺手拿来的满满一网兜鱼放到军官脚边，普鲁士军官笑嘻嘻地说："呃，呃，我看的确不错。不过现在要谈的可不是钓鱼，你们听我说，不必紧张。"

"依本人看，你们是派来侦探我军的两名间谍。我把你们逮住，就得枪毙你们。你们装作钓鱼，想以此掩盖你们的企图。现在你们落到我手中，活该，这是战争。

"你们从前哨阵地过来，肯定知道回去的口令，把这口令告诉我，我就可以放过你们。"

两位朋友肩并肩站着，脸色煞白，手紧张得微微颤抖，一句话也不说。

军官接着说："这事没有人会知道，你们可以平平安安地回去，秘密随之消失。如果你们拒绝，那就是死亡，马上就死，你们自己选择吧。"

他们静静站着，谁也不动，谁也不开口。

普鲁士军官依然神色镇定，朝河水伸过手去说："想想吧，五分钟后你们就葬身水底了。你们还有五分钟时间！你们总有亲人吧？"

瓦莱里安山上依然炮声隆隆。

这两个来钓鱼的人静静站着，一句话也不说。德国军官用他的德国话下命令，然后他把椅子从俘虏边上搬开，12名士兵持枪站到20步远的地方。

军官接着说："我再给你们一分钟，一秒也不多给。"

说完他蓦地站起，走到两个法国人身旁，一把抓住莫里索的胳膊把他拉到一边，低声对他说："快说，口令是什么？您的同伙什么也不会知道，我会装出一副同情的样子来。"

莫里索没有搭理。

普鲁士军官于是把索瓦热先生拉到一边，问了他同样的问题。

索瓦热先生没有搭理。

两人肩并肩地又站到了一起。

军官开始喊口令，士兵全都把枪举起。

这时莫里索的目光刚好落到网兜上，网兜就在离他几步远的草地中放着，鼓鼓囊囊装满了鲌鱼。

一道阳光照在鱼堆上，鱼还在蹦跳，映出闪闪银光。莫里索一阵头晕，虽然竭力控制自己，眼中还是涌满了泪水。

他喃喃说道："永别了，索瓦热先生。"

索瓦热先生回答说："永别了，莫里索先生。"

两人紧紧握手，全身上下禁不住地瑟瑟发抖。

军官喊道："放！"

12支枪一齐放响。

索瓦热先生脸朝下栽倒在地上，莫里索比他粗壮，摇摇晃晃前后转了一下，仰身倒下横躺在同伴的身上，制服上装的胸口被打穿，血汩汩地往外冒。

德国军官又下了一道命令。

士兵四下散开，接着拿着绳子和石头又走过来，给两具死尸上绑上石头，然后抬到河岸上。

瓦莱里安山上炮声隆隆响个不停，满山遍野硝烟弥漫。

两名士兵一人抱头一人抱脚抬起莫里索，另外两名士兵也是抱头抱脚把索瓦热先生抬了起来。他们使劲晃悠尸体，接着远远抛出去，尸体画了一道弧线，绑了石头的脚朝下，人直直地栽进河里。

河水高高溅起，接着上下翻滚，激起层层浪花，最后平静下来，卷起的一圈圈波纹缓缓向岸边扩散。

河面上漂着几缕鲜血。

军官还是那样从容，低声说了一句："现在该轮到鱼吃他们了。"

说完他转身进了屋子。

突然他一眼看见草地上的渔网兜，顺手捡起看了看，脸上挂起一丝微笑，大声喊了起来："威廉！"

一名系白围裙的士兵走来，普鲁士军官把两个刚被枪杀的人钓得的鱼扔了过去，命令道："趁这些鱼还活着，马上给我炸了吃，味道一定不错。"

说完接着抽他的烟。

偷窃犯

"因为我就算对您说吧，你们也不会相信有这种事情的。"

"您还是讲吧。"

"我当然想讲，不过我觉得有必要先向各位说明白，我这故事虽然听起来似是而非，其实从头至尾都是真事。只有那些画家才不会大惊小怪，特别是上了岁数的更不会感到奇怪，因为他们经历过那个滥告无辜的年代，那年代荒唐的思想猖獗一时，弄得一遇到情况严重的时候，这种思想就会紧紧缠住我们。"

年迈的画家骑跨着坐在椅子上。

他们是在巴比松村①的一家旅馆的餐厅里。

他接着说："这一天晚上我们在索里厄家吃饭，可怜的索里厄今天已经不在了，当时我们那些人中就数他最疯。那天就我们三个人，即索里厄，我，以及勒普瓦特万，我想是吧，不过我不敢肯定就是他。当然我说的是同样已经去世的海景画家欧仁·勒普瓦特万，而不是那位依然健在，充满才华的风景画家。"

"说我们在索里厄家吃了晚饭，意思就是说我们都喝得半醉

---

① 地处巴黎附近的枫丹白露森林边缘，19世纪中叶法国大批风景画家和动物画家聚居于此，进行创作，形成19世纪中期的法国画派，人称巴比松画派。

165

不醒了，只是勒普瓦特万还清醒，他是有一点点晕乎，不过还明白事理。那时我们几个人都年轻，躺在小房间的地毯上胡言乱语高谈阔论，旁边就是画室。索里厄仰身躺在地上，两只脚跷在一把椅子上，大讲什么打仗的事，夸夸其谈说帝国时代的军装如何如何，正讲着突然站起来，从他放服饰小零碎的大柜子里取出一套完整的轻骑兵制服穿上。穿好后他又逼勒普瓦特万穿投弹手的军装，勒普瓦特万不肯，我们两人就按住他，把他衣服脱掉，给他套上又肥又大的制服，肥大的制服把他整个人都遮盖起来。

"我自己装扮成重骑兵。索里厄指挥我们做了一套复杂的操练，接着他高声道：'今晚我们既然都成了大兵，我们就应该像大兵那样喝个痛快！'

"于是把潘趣酒①加热，一饮而尽，接着又把盛满朗姆酒的大碗点上火，我们扯着嗓门唱起老歌，都是往昔我们伟大军队的老兵高唱入云的老歌。

"忽然勒普瓦特万叫我们别出声，不管怎么闹，他还算保持清醒，过了一会儿他小声说：'我肯定画室里有人在走动。'索里厄好不容易站了起来，大声说：'有贼！太妙了！'说完他就唱起《马赛曲》：

    拿起武器，公民们

"他一边唱，一边朝陈设各种武器的架子走去，按照我们各自的军装给我们配备武器。我拿到一支枪——像是火枪，还有一把军刀，勒普瓦特万拿到一支带刺刀的长枪，索里厄没有找到合

---

    ① 一种用朗姆酒加糖、红茶、柠檬、桂皮等调制的饮料，可加热喝或冰镇喝。

适的武器，只好随手拿了一把马枪挂在腰带上，又拿上一把钩斧挥舞起来。接着他小心翼翼地把画室门打开，我们这支队伍也就进入可疑地带。

"我们来到这间宽敞大屋的正中间，屋里堆满了各种大幅画布、家具和种种想都想不到的稀奇古怪的东西，索里厄对我们说：'我自任将军，现在我们召开作战会议。你，重骑兵部队，你切断敌人退路，也就是说把门锁上。你，投弹兵部队，你负责护送我。'

"我立即遵照命令完成动作，然后返回追上正在进行侦察的大部队。

"我正走到一扇大屏风后面，快要追上大部队的时候，突然哗啦一声巨响。我立即冲上去，手里还举着蜡烛。原来勒普瓦特万一刺刀扎进一个人体模型的胸膛，索里厄连砍几斧把脑袋砍了下来。这时发现弄错了，将军命令说：'我们应该临事谨饬。'部队再次开始行动。

"至少有 20 分钟过去了，画室的各个角落，所有的角角落落全都搜遍，但一无所获，这时勒普瓦特万突然冒出一个主意，把硕大的壁橱打开。里面黑黢黢，深不见底，我把举着蜡烛的手臂伸过去，吓得赶紧往后退，里面有人，一个大活人，正瞪着两眼看着我。

"我马上把壁橱门关上，连转两圈把锁锁上，我们又开了一次作战会议。

"大家的意见很不一致，索里厄说用烟熏这窃贼，勒普瓦特万说让他饿着，我则提议用火药炸壁橱。

"最后勒普瓦特万的意见占上风。他拿着他那支长枪站岗，我们去找剩下的潘趣酒和我们那几只烟斗，然后在紧紧关着的壁橱前安顿下来，为俘虏干杯。

"过了半个钟头，索里厄说：'不管怎么样，我想仔细看看他长什么模样。我们用武力夺取他，怎么样？'

"我喊道：'太好了！'于是每个人冲过去拿起武器，壁橱门被打开，索里厄把他那支马枪推上膛——其实枪里没有上子弹，第一个冲了上去。

"我们在后面吼着冲过去，大家在黑暗中推推搡搡了一阵，经过五分钟的荒唐可笑的搏斗，我们终于把盗贼拉到外面来，原来是一个老家伙，头发已经花白，身上破衣烂衫，肮脏不堪。

"我们把他手脚都捆好，然后把他绑在椅子上，他一句话也不说。

"这时索里厄酒兴大发，转过身来对我们说：

"'现在我们来审判这混蛋。'

"我也已经醉得不轻，觉得这主意太自然不过了。

"勒普瓦特万负责替被告辩护，我负责支持控方。

"偷窃犯被判处死刑，除缺一票外，即除缺被告方辩护人一票外，判决获得一致通过。

"'我们马上处决罪犯。'索里厄说。可是说完他又迟疑起来：'这人死之前不能不做圣事，我们去找一位神甫来，怎么样？'我不同意，说时候已经太晚了。索里厄于是提议我来替他做圣事，他还叫罪犯向我一人忏悔。

"那人惊慌失措，两只眼睛滴溜溜地转了足足五分钟，心里直纳闷碰到的究竟是什么人。他喷出一股酒气，浊声浊气地说：'想必你们是在闹着玩吧？'然而索里厄按他跪下，他又怕那人父母图省事不曾给他做洗礼，于是在他头顶上浇了一杯朗姆酒。

"接着索里厄说：

"'向这位先生做忏悔吧，你的最后时刻已经敲响！'

"老无赖慌了，高声喊了起来：'救命！'他喊得声嘶力竭，为了不让附近人家听见，我们不得不把他嘴巴塞住。他就倒在地上打滚，身子一边滚一边扭动，弄得家具翻倒在地上，画布也被撕破。最后索里厄烦了，喊了一声：'把他结果算了！'看到那混蛋横躺在地上，他便扣他马枪的扳机，击铁呋嚓响了一下，我也就跟着学，接着开枪。我那支火枪装的是石头子，真的打出火花来，把我吓了一跳。

"这时勒普瓦特万郑重其事地说：

"'我们真的有权把这人杀死吗？'

"索里厄瞠目结舌，回答说：'可我们已经判处他死刑了！'

"不想勒普瓦特万接着又说：'平民不得枪决，这家伙应该交刽子手行刑，得把他送岗亭。'

"我们觉得他这话不容置疑。于是把那人扶起来，可他已经不能走路了，只好把他抬到一块模特板上，严严实实地绑好，我和勒普瓦特万两人抬，索里厄拿上他的全套武器在后面压阵。

"到了岗亭前，哨兵把我们拦住。班长闻声过来，认出原来是我们。他每天都目睹我们那些胡闹、瞎折腾、莫名其妙的新名堂，所以他只是笑了笑，拒绝接收我们的俘虏。

"索里厄坚持要他收，哨兵于是严肃地请我们不要喧闹，立即回我们屋子。

"我们这支队伍重新上路，回到画室，我问道：'我们怎么处置这偷窃犯？'

"勒普瓦特万起了同情心，于是说这人大概已经非常累了。果然，他身上缠着绳子，严严实实地被绑在板子上，嘴里还塞着东西，那样子简直就像快要咽气似的。

"我也起了强烈的怜悯之心，这是醉鬼的同情心，我把塞在他嘴里的东西拿掉，一边问他：'呃，可怜的老家伙，现在怎么样？'

"他嘟嘟囔囔地说：'我都受不了啦，妈的！'这时索里厄变得仁慈起来，把绑在老家伙身上的绳子全都解开，扶他坐好，对他说话也随和了。为了让他振作起来，我们三人急忙准备起新的潘趣酒。偷窃犯安安静静地坐在椅子上看着我们，潘趣酒一调好，我们就给他递了一杯，我们真想让他开怀畅饮，于是大家一起碰杯。

"这俘虏喝酒简直就像牛饮，可是天开始蒙蒙发亮，他站起身，心平气和地说：'我只得离开各位了，因为我必须回家。'

"我们都舍不得他走，真想把他留下来，可是他说什么也不愿意再待下去。

"于是大家握手告别，经过门厅的时候索里厄举着蜡烛给他照亮，一边大声说：'过大门的时候小心台阶！'"

大家由衷地冲着讲故事的人笑了，只见他站起来，点燃烟斗，然后站到我们面前说：

"可我这故事最滑稽的是，我讲的全是真人真事。"

陪　嫁

对西蒙·勒布伦芒先生与让娜·高尔第埃小姐结为伉俪，任何人都不感到惊奇。勒布伦芒先生刚刚买下巴翁老先生的公证人事务所，显而易见，他需要钱来付账。而让娜·高尔第埃小姐则有 30 万法郎的流动资金，都是钞票和无记名证券。

勒布伦芒先生是个漂亮的小伙子，有些潇洒，是个潇洒的公证人，一个潇洒的外省人。总而言之，他潇洒，而这在布迪尼—勒—荷阜则很罕见。

高尔第埃小姐优雅、精神饱满，但优雅得有些呆板，精神饱满得有些不修边幅。但总的来说，她还是个令人向往、令人欢愉的姑娘。

结婚的仪式弄得整个布迪尼都处在混乱之中。

人们非常羡慕这对新婚夫妇。他们回去，把他们的幸福藏在夫妻的卧室里，在单独相处几天之后，他们决定只到巴黎作一次小小的旅行。

单独相处的日子很迷人。勒布伦芒先生在与妻子的初期关系里很懂得表现自己的机智、细腻，的确是个无与伦比的人。他的座右铭是："功到自然成。"他懂得要有耐心，同时又坚强有力。他很快便取得了彻底的成功。

四天以后，勒布伦芒夫人崇拜她的丈夫，已不能没有他。她要他整天待在她身边，她爱抚他、拥抱他，拍拍他的双手，揉一揉他的胡子和鼻子，等等等等。而他呢，则没有那么多的爱抚，那么多的吻，那么多的握手，那么全身心地从早到晚从晚到早地款待他的妻子。

第一个星期一过，他便对他那年轻的伴侣说：

"要是你同意，我们下个礼拜二动身到巴黎去。我们像尚未结婚的恋人一样，去餐馆、上戏院、去音乐招待会，什么地方我们都去。"

她高兴得跳了起来。

"太好啦！太好啦！我们尽量早些动身。"

他接着说：

"另外，什么也别忘记，通知你父亲把你的陪嫁准备好。我要带上它和我们一起走，顺便把钱付给巴比翁先生。"

她说：

"我明天早晨就对他说。"

于是，他把她拥进怀中，重新开始八天来她非常喜爱的这种温柔的小把戏。

在下个礼拜二，岳父和岳母陪着要动身到首都去的女儿和女婿来到车站。

岳父说道：

"我敢肯定在钱包里带这么多现金很不谨慎。"

年轻的公证人微微一笑：

"您什么也别担心，岳父。我已经习惯这样的事情了。我随身携带的钱有时将近一百万法郎。用这种方式，我们至少可以避免一大堆的手续和耽搁。您什么也别担心。"

铁路职工在喊：

"到巴黎去的旅客请上车!"

他们赶快进了车厢,那里已经坐着两位老妇人。

勒布伦芒在他妻子耳边悄悄说:

"真叫人心烦,我不能抽烟。"

她低声回答道:

"我也心烦,和你一样。但不是因为你的雪茄。"

火车鸣叫着出发了。行程经历了一个小时,在这期间,他们没有谈什么大事情,因为那两位妇人基本没睡觉。

他们一到达圣·拉萨尔车站的广场上,勒布伦芒就对他妻子说:

"如果你愿意,亲爱的,我们先去大街上吃午饭,然后我们安安稳稳地回来取行李,把它搬到旅馆去。"

她立刻同意了。

"好吧!我们就去餐馆吃饭吧。很远吗?"

他又说:

"是的,有点远。我们可以乘坐公共马车。"

她感到惊讶:

"为什么不坐出租马车呢?"

他开始笑着低声埋怨她:

"你就是这样的经济学家。只有五分钟的路程,租辆出租马车一分钟需要六个苏。你真是什么都不愿意放弃。"

"说的也是。"她有些惭愧地说。

有一辆三匹马拉的巨大的公共马车正好经过,勒布伦芒喊道:

"车夫!喂!车夫!"

沉重的公共马车停了下来,年轻的公证人推了他妻子一把,快速对她说:

"你到里面去，我爬到上面去，在饭前我至少要抽支烟。"

她没有来得及回答，车夫抓住她的胳膊，帮她登上踏板，并把她推进车厢。她摔倒在一条长凳上，非常害怕，惊愕地通过后窗玻璃望见正在登上顶层的丈夫的双脚。她夹在一个浑身烟斗味的胖先生和一个浑身狗屎味的老太婆之间，一动不动。

所有其他的旅客都排成排，默默不语：一个食品杂货店的伙计，一个女工，一个步兵中士，一位戴着金边眼镜和一顶丝帽的先生，丝帽宽阔的边檐向上翻起，就像檐槽一样。两位夫人，神色严肃又烦躁，仿佛用这种态度对人们说：我们是在这里，但我们配得上坐更好的马车。还有两位修女，一个长发姑娘和一个殡仪馆的殓尸人。所有这些人就像是一组漫画、滑稽人物博物馆、人类面孔的夸张系列，又非常像集市上摆的一排人们用球来击倒的滑稽可笑的木偶。

马车的颠簸使他们的脑袋直摇晃，面部假面具似的皮肤微微颤抖。车轮的震颤使他们神志不清，他们就好像白痴，像在昏昏欲睡。

年轻的妻子依然很呆滞，她暗想：

"为什么他不来和我在一起？"一种隐隐约约的忧伤使她心情沉重，"他本来真的是可以放弃这支烟的。"

修女们示意停车，然后一个接一个地下了车，浑身散发出破旧裙子的气味。

人们又开了车，然后重新停下来。一个女厨子上了车，脸涨得通红，气喘吁吁。她坐下来，把装食物的篮子放在膝盖上，车厢里弥漫着一股强烈的洗碗水的味道。

"这比我想象得还要远。"让娜想。

殡仪馆的殓尸人走了，有个车夫占了他的座位，带来一阵马厩的气味。长头发姑娘的位置让给了一个满脚气味的经纪人。

174

公证人夫人感到不适、恶心，莫名其妙地想哭。

有一些人下车，又有一些人上车。公共马车一直在没有尽头的街上走着，遇到车站停一停，然后继续向前走。

"多么远啊！"让娜想，"但愿他没有分心！但愿他没有睡着！这些天来他也太累了。"

渐渐地，所有的旅客都走了，只有她一个人还在车上。车夫喊道：

"沃机拉尔到了！"

由于她一动不动，他又喊道：

"沃机拉尔到了！"

她看看他，明白了他是在朝她喊，因为周围已经没有别的旅客了。

车夫第三次喊道：

"沃机拉尔到了！"

这时她问道：

"我们是在哪儿？"

他语气生硬地回答说：

"我们到了沃机拉尔，见鬼，我都喊了一二十遍了！"

"这里离大街还远吗？"她说。

"什么大街？"

"意大利人大街呀！"

"已经过去好半天啦！"

"啊！您告诉我丈夫了吗？"

"您丈夫？他在哪儿？"

"他在顶层。"

"在顶层！上面已经好长时间没有人了。"

她被吓了一跳。

"什么？这不可能，他和我一起上车的。您看清楚，他应该在上面。"

车夫变得很粗鲁：

"行啦，小姑娘，谈够了吧。丢了一个男人，可以找回十个。走吧，结束了，您会在街上再找一个。"

眼泪涌上眼眶，她坚持道：

"可是，先生，您弄错了。我肯定您弄错了。他的胳膊下夹着个大皮夹子。"

车夫开始笑了：

"一个大皮夹子，啊！是的，他在马德兰娜下了车。反正都一样，他把您给甩了，哈！哈！哈！"

公共马车停了。她下了车，忍不住下意识地看了看车顶。空空如也。

她开始失声痛哭起来，没有想别人会听见、会看见。她说：

"我该怎么办？"

车站的监察员走了过来。

"出了什么事？"

另一个笑道：

"啊！没什么，您忙您的吧。"

于是监察员转身走了。

她开始向前走，因为太吃惊，太恐惧，甚至弄不明白发生了什么事。她要走到哪里？她要怎么办？他到底出了什么事？这样的错法、这样的遗忘、这样的蔑视，如此难以置信的心不在焉究竟来自何处？

她的口袋里有两个法郎。她去对谁说？突然，她想起在海运局当副局长的表兄巴拉尔。她拥有的钱刚好够付出租马车的车费。她让人家把她送到他家去。她见到他的时候，他正要到部里去。和勒布伦芒一样，他的胳膊下也夹着一只大皮夹子。

她从马车里冲出来，喊道：

"亨利！"

他停下了，目瞪口呆。

"让娜？……您怎么在这里？……一个人？……您在干什么？您从哪里来？"

她热泪盈眶，结结巴巴地说：

"我丈夫刚才丢了？"

"丢了！在哪儿？"

"在一辆公共马车上。"

"在一辆公共马车上？……噢！……"

于是，她哭着对他讲述了她的遭遇。

他听着她讲，思考着。他问道：

"今天早晨他的头脑很平静，是吗？"

"是的。"

"那么，他身上带着许多钱。"

"是的，他带着我的陪嫁。"

"您的陪嫁？全部吗？"

"全部……说是要买他的事务所。"

"那么，我亲爱的表妹，您丈夫现在这个时候恐怕早跑到比利时去了。"

她还没有明白过来，结结巴巴地说：

"……我丈夫……您是说？"

"我说他偷光了您的……您的财产……就这些。"

她依然站在那里，喘不过气来，喃喃说道：

"这么说，他是……他是……是个无赖！"

然后，她激动得浑身乏力，倒在表兄的坎肩上呜咽起来。

人们停下来看着他们，于是，他轻轻把她推到他家门前，搂着腰支撑着她，让她走上台阶。他的贴身女仆打开门时，他命令道：

"苏菲，快到餐馆去弄两个人的午餐。我今天不到部里去了。"

"我的亲叔叔"

——《我的叔叔于勒》课堂实录

执教/语文特级教师　程红兵

师：我们一起来学习法国 19 世纪批判现实主义作家莫泊桑的短篇小说《我的叔叔于勒》。首先请同学们阅读课文，找出课文中的人物是怎么评价于勒的，包括怎么称呼他，怎么说他的。

生："那时候是全家唯一的希望，在这以前是全家的恐怖"，"花花公子"。

师："花花公子"是对于勒的评价吗？

生：不是。花花公子是说有钱人家的子弟，而于勒不是，于勒家比较穷。

师：对，请继续找。

生：坏蛋、流氓、无赖。

师：这是直接指于勒吗？

生：不是，这是就一般情况说的，但实际上暗指于勒。还有"分文不值的于勒"，一下子成了"正直的人，有良心的人""好心的于勒""他可真算得上一个有办法的人""这个小子""他是个法国老流氓""这个家伙""这个贼""那个讨饭的""这个流氓"。

师：很好，这个同学找了很多，还有没有？

179

生："这是我的叔叔，父亲的弟弟，我的亲叔叔。"

师：对，这几句话很重要。现在我把同学们找的主要的板书在黑板上。

板书：

全家唯一的希望

全家的恐怖（坏蛋、流氓、无赖）

正直的人、有良心的人

好心的于勒、有办法的人

这个家伙，这个贼、这个流氓

我的叔叔，父亲的弟弟，我的亲叔叔

请同学们把这些评价分分类，分类的标准是哪些话是在大致相同的情况下说的，并说说是什么情况，他们对于勒又采取了什么态度。请按时间顺序说。

生："分文不值的于勒""全家的恐怖"是在同一种情况下说的，因为于勒把自己应得的遗产吃得一干二净之后，还占用了"我"父亲应得的那一部分。

师：对，占了钱。他们对于勒采取什么态度？

生：把他赶走了。

师：你怎么知道是赶走的？

生：课文用"打发"一词，可知是把于勒赶走的。

师：下面依次有哪些话是在同一情况下说的？

生："全家唯一的希望""正直的人，有良心的人"，是在他们接到于勒两封信以后说的。

师：信中哪些话导致他们这么说？

生："赔偿我父亲的损失""发了财……一起快活地过日子。"

师：于是这一家人每到星期日干什么？

生：到海边的栈桥上等于勒回来。

师：这位同学说"等于勒回来"，这个"等"字用得好不好？请说说道理。

生：不好，"等"字不能说明这一家人此时热切盼望于勒回来的心情。

师：你认为应该用什么字？

生：应该用"盼"字。

师：很好，我们一起来讨论这个"盼"字，文章哪些细节体现了"盼"字？

生："父亲总要说那句永不变更的话：'唉！如果于勒竟在这只船上，那会叫人多么惊喜呀！'"

师：于勒在不在这只船上？

生：不在。

师：你怎么知道？你从哪个词看出来的？

生："竟"表示意外，父亲希望于勒能出乎意料地来到身边，表现了他急切盼望的心情。

师：说得好。真是望眼欲穿，焦急万分，恨不得立刻相见。还有什么细节体现"盼"？

生："这封信成了我们家里的福音书，有机会就要拿出来念，见人就拿出来给他看。"

师：这句话是体现"盼"吗？

生：这句话主要体现这家人高兴、得意，还有几分骄傲的心情，把信给别人看，为了炫耀。

师：还有什么细节体现"盼"？

生："果然，10年之久，于勒叔叔没再来信。可是父亲的希望却与日俱增。"

师：很好，10年时间丝毫没有减少他们的希望，反而增加了。还有吗？

生："对于勒叔叔回国这桩十拿九稳的事，大家还拟定了上千种计划，甚至计划要用这位叔叔的钱置一所别墅。"这笔毫无着落的钱竟然列入了他们的开支计划，可以看出他们急切盼望于勒回来的心情。

师：这位同学分析在理。文中还有一个细节充分体现了急切盼望的心情。请同学们认真看。

生："那时候大家简直好像马上就会看见他挥着手帕喊着：'喂！菲力普！'"

师：他们真的看到了吗？

生：没看到，是他们脑海中出现的幻觉，人到了急切的程度才会出现幻觉。

师：说得好，这个细节很能说明问题。再看其他几句话是在什么情况下说的？

生：最后几句话是在见到于勒时说的，当他们发现于勒是一个穷水手时，菲力普夫妇就大骂于勒是贼，是流氓。

师：是当面骂的吗？

生：不是，是背着于勒骂的。

师：为什么要背着？

生：生怕于勒重新拖累他们，同时也生怕好不容易找到的女婿知道这件事，因为这位女婿是冲着于勒那封发财的信才下决心求婚的。

师：后来这一家人又怎样了？

师：我们把情节理一下，请看板书：

赔钱……盼

占钱……赶

有钱……赞

没钱……骂避

从以上板书可以看出，小说情节不长却也曲折起伏，特别是后面情节的安排，既在意料之外，又在情理之中。如果我们把课文分成两大部分的话，应该分在哪里？

生：从开头到旅行之前为第一部分，从动身旅行到最后为第二部分。

师：我用一副对联概括两大部分的内容：十年思盼，天涯咫尺，同胞好似摇钱树；一朝相逢，咫尺天涯，骨肉恰如陌路人。这家人盼于勒，盼了十年，希望与日俱增，甚至在脑海中出现了幻觉，明明远在天边，却如近在眼前。他们把骨肉同胞当成摇钱树，为了用于勒的钱定了上千种计划。一朝相逢，期望中的富翁变成了穷水手于勒，他们失望沮丧，本是同根生，相逢就是不相认，骨肉兄弟如同陌生的路人，前后之间构成了鲜明的对比，这一切因为什么？这副对联少了一个横批。请同学们来拟。

生：人不如钱。

师：请解释一下。

生：于勒这个人还不如钱重要，盼于勒是假，盼于勒的钱是真。

师：有道理。还可以从这件事所反映的社会问题来考虑。

生："金钱至上"，盼是因为有钱，避是因为没钱，在人们的眼中金钱是至高无上的。

生："世态炎凉"，开始他们热切盼望于勒，后来发现于勒没钱，就避之唯恐不及，根本没有兄弟亲情。

师：同学们拟得非常好，跟老师想的一样。家庭是社会的细胞，由家庭这个细胞看出社会整个肌体的情况，以小见大，可见其主题是深刻的。现在我们再来做第二次分类，看看我们前面找出的评价分别是谁说的。

生："全家唯一的希望""全家的恐怖""分文不值的于勒""正直的人，有良心的人"，这些都是大家的看法。"好心的于勒""有办法的人""这个流氓""这个贼"是母亲克拉丽斯说的。"这个家伙"是父亲菲力普说的。"我的叔叔，父亲的弟弟，我的亲叔叔"是约瑟夫说的。

师：很好。这么归类以后，你们有什么发现？

生：同一个人前后态度截然不同，母亲克拉丽斯开始极力夸赞于勒，后面又恶意咒骂于勒。

师：由此可以看出人物的什么性格？请谈谈你对克拉丽斯的看法。

生：这个人太无情义，满脑子只有金钱，非常自私、势利，只管自己的得失利害。

师：菲力普夫妇都是小人物，不是十恶不赦的恶棍、坏蛋，但由于他们对待亲兄弟的态度，我们从心底鄙视他俩的人格。还有什么发现？

生：菲力普夫妇两人的态度有些不同，克拉丽斯骂于勒是贼是流氓，菲力普只说于勒是这个家伙，说明菲力普是有点同情于勒的。

师：这位同学观察比较细致，但我们看看菲力普是不是同情于勒？为什么？

生：不是，因为菲力普最终没认自己兄弟，本是同根生，相逢就是不相认，由此看出他也是无情的，他也是以金钱为重的，菲力普与克拉丽斯只是有点程度不同罢了。

师：很好，具体说说。

生：克拉丽斯更泼辣，更冷酷，更有心计，因而她也更令人讨厌。

师：这一家人都是一个态度吗？你们看看还有什么发现？

生：约瑟夫和他的父母不同。

师：好，我们来齐读文章写小约瑟夫的一段话：从"我看了看他的手"——"我的亲叔叔"。（读略）

师：同学们还没有把文中的感情读出来。我们一起来分析一下，这里一共三句话，前两句写谁？

生：写于勒。

师：是谁的目光看于勒？

生：约瑟夫的。

师：我读一下，你们看这目光包含了什么？（师读）

生：目光饱含了怜悯之意，对穷困潦倒的于勒充满同情。

师：第三句是写谁的心理活动？

生：约瑟夫的心理活动。

师："这是我的叔叔，父亲的弟弟，我的亲叔叔"三个短语同指一个对象，何以要反复？"父亲的弟弟"是针对谁说的？"我的亲叔叔"强调什么？

生："父亲的弟弟"是针对父母说的，反映了约瑟夫对父母不认兄弟的困惑和不满，"我的亲叔叔"强调一个"亲"字，表明约瑟夫内心充满侄叔亲情。

师：请同学们再读一遍。（生读）

师：这一遍读出了感情。约瑟夫与父母形成了鲜明的对比，这个对比有何作用？

生：突出了双方的性格。

师：对。孩子是纯真的，大人是世故的；孩子是诚实的，大人是虚伪的；孩子是善良的，大人是势利的；孩子是慷慨的，大人是刻薄的。作者为何以"我的叔叔于勒"为题?

生:表明了作者的美好愿望,希望人们能像约瑟夫一样,多一点同情,多一点友爱,多一点善良,他希望社会能更好一点。

师:好,下课。